dtv

»Eine anständige Katze ignoriert grundsätzlich alles, was auch nur entfernt nach einem Befehl klingt.« Die Erzählerin weiß, wovon sie spricht, ist doch die Katze, die ihr da in einer Schachtel vor die Haustür gelegt wird, nicht ihre erste. Ein rotgetigertes, grünäugiges Etwas blickt ihr erwartungsvoll entgegen und übernimmt sofort den Befehl über das Haus, seine Bewohner und den Rest der Welt. Und »Schlumpel« ist glücklich, solange Konrad nicht in der Nähe ist. Doch ausgerechnet dieser Mann, der mit Katzen so gar nichts am Hut hat, taucht immer häufiger auf. Es bedarf vieler Erziehungsmaßnahmen und »tiefgründelnder Gespräche«, bis der Saulus zum Paulus bekehrt ist.

Eva Berberich lebt mit Katze und Ehemann, dem Schriftsteller Armin Ayren, in Oberweschnegg im Hochschwarzwald. Zuletzt erschienen: ›Alles für den Kater‹ (2001).

Eva Berberich

Das Glück ist eine Katze

Mit Illustrationen
der Autorin

Deutscher Taschenbuch Verlag

Von Eva Berberich
ist im Deutschen Taschenbuch Verlag erschienen:
Alles für den Kater (dtv großdruck 25187)

Originalausgabe
Mai 2005

www.dtv.de
Umschlagkonzept: Balk & Brumshagen
Umschlagbild: © Die Illustratoren Corinna Hein/Jürgen Willbarth
Gesetzt aus der Stempel Garamond 12/14,5· (3B2)
Gesamtherstellung: Druckerei C. H. Beck, Nördlingen
Gedruckt auf säurefreiem, chlorfrei gebleichtem Papier
Printed in Germany · ISBN 3-423-25232-4

Für Ulrike

Inhalt

Vom Trauern

Wenn jemand nicht mehr da ist, den man liebhatte, fällt man in ein tiefes, dunkles Loch. Der Liebgehabte kommt nie mehr wieder. Er kann ein Mensch gewesen sein, ein Hund, ein Goldhamster, ein Baum, den der Sturm umgeworfen hat. Oder ein Kater. Ein schwarzer Kater mit weißer Schwanzspitze. Ein Saukater, Angeber, Lügenbold, Faulpelz, Macho. Mephistopheles. Mein lieber Stoffele.

Hab dich nicht so, sagen die Freunde. Kater gibt's genug, Katzen auch. Ich kenn da jemand, der hat eine, die hat gerade – such dir eins aus, aber bloß nicht wieder ein Schwarzes. Jetzt bist du ein freier Mensch, sagen sie, bist nicht angebunden an so einen Katzenschwanz, kannst ausgehen, herumreisen, den Duft der großen weiten Welt atmen. Mußt dich nicht immer nach jemand umgucken, der das Viech versorgt. Kannst endlich morgens ausschlafen, sagen sie, ohne daß dich einer wachbrüllt. Was du brauchst, ist Schlaf, viel Schlaf, siehst eh schon aus wie 's Kätzle am Bauch. Und keiner pinkelt an anderer Leute Haustüren, sagen sie, singt nächtliche Lieder, raubt den Nachbarn den Schlaf, scheißt in ihr Salatbeet. Ein Kater, sagen sie, ist ein Kater, und sonst gar nichts. Um einen Kater so zu trauern – gehört sich das? Gestern sind bei einem Busunglück sechzehn Menschen umgekommen. Trauerst du um die? Was du jetzt Geld sparst! sagen sie. Der Kerl hat dich ja arm gefressen.

Und: Jetzt kannst du das Haus entflohen. Wird auch Zeit!

Und: Lach doch mal! Man rennt nicht mit Trauermiene durch die Gegend. Trauer ist bäh!

Und: Nun übertreib's mal nicht!

Und: Reiß dich zusammen!

Und: Denk nicht dran!

Und: Hab dich nicht so!

Und: Lach doch mal wieder!

Und: Nimm's nicht so schwer!

Und: –

Dann kommt mir einer zu Hilfe. In seinen Tagebuchaufzeichnungen lese ich:

Incipit, lamentatio: Muzi. Unsere Muzi ist gestorben. Samstag, fünf Minuten vor Mitternacht … das sehen zu müssen … so sah ich sie leiden, sah es kommen … ach liebe Muzi, daß ich dir nicht helfen konnte… mir liefen die Tränen … sahst Du es auch? Hast Du es je gesehen, das Elend Deiner Kreaturen? Als Schöpfer läßt Du Dich glauben und besingen ... Wär ich der Schöpfer, ich rechnete es mir zur Schmach ... Hast Du ein Herz, hast Du Augen, Ohren? Erbarmender – daß ich nicht lache! Ach mein Herr und mein Gott! Im Leiden und Sterben meiner Katze begegne ich Dir. Es ist etwas in mir, das sich weigert, Dich aus der Haftung für das Weh der Kreatur zu entlassen ... Nein, nein, Herr, ich glaube nicht, daß Du mich mit der banalen Auskunft abwimmelst, das sei eben die Ordnung der Natur ... Schau her! Siehst Du das? Und es sind seit Anbeginn und es werden bis zum Ende Millionen sein ... Sie stirbt.

Der da mit Gott hadert, weil dieser seine geliebte Katze sterben ließ, ist der Theologe Fridolin Stier.

Wenn so jemand so trauert, dann muß ich mich auch nicht schämen. Ohne eine anständige tiefe Trauer heilt kein Schmerz.

Ich will kein katzenfreier Mensch sein. Ich will an einem Katzenschwanz hängen. Will morgens wachgebrüllt werden, ich brauch nicht so viel Schlaf. Ich will mein Geld für Katzendosen rauswerfen. Warum soll ich in der Welt herumreisen, wenn keiner da ist, der daheim auf mich wartet? Vor der Tür sitzt, wenn ich vom Einkaufen komme? Mit dreckigen Pfoten auf die frischgebügelte

Wäsche springt, sich dort niederläßt und mich anschnurrt?

Ich will's schwernehmen. Will nicht lachen. Ich will heulen, ohne ein schlechtes Gewissen zu kriegen.

So habe ich Stoffele, meinen schwarzen Kater mit der weißen Schwanzspitze, betrauert, wie es sich gehört. Auf dem kleinen Grab unter der Birke wächst ein Busch Katzenminze.

Schmuddelkatz

An einem Märzmorgen lag ein Brief im Kasten. Vom Pfarramt dieses kleinen Ortes in der Umgebung, wo der nette Polizist jedesmal, wenn er mein Auto irgendwo stehen sieht, gerannt kommt und mir einen Strafzettel unter den Scheibenwischer klemmt, weil, wie er entschuldigend sagt, die Gemeinde knapp bei Kasse sei.

Sehr geehrte Unbekannte, las ich, *ich habe um drei Ecken herum gehört, daß der Kater, der vorzeiten einige Monate mein Pfarrhaus unsicher machte und dann nach Oberweschnegg auswanderte, sich bei Ihnen häuslich niedergelassen hat. Ein wilder schwarzer Teufel, kann ich nur sagen, und ein großer nächtlicher Sänger, und ausgerechnet unter meinem Fenster. Es war die Hölle. Er hat allen Katzen im weiteren Umkreis des Pfarrhauses den Kopf verdreht, was Folgen hatte. Nun haben auch die Folgen schon Folgen gehabt. Frau Eberle, meine liebenswürdige Nachbarin, die auch den Blumenschmuck für die Heilige Jungfrau in der Seitenkapelle besorgt, hat sich der zahlreichen*

Hinterlassenschaft dieses Casanovas angenommen. Drei Kätzchen hat sie behalten, ein viertes übersteige, wie sie sagt, ihre Kräfte. Ich reiche dieses, wie ich zugeben muß, durchaus erfreulich anzusehende, aber ungebärdige Geschöpf weiter. Es ist, nach Auskunft besagter Nachbarin, weiblichen Geschlechts. Ich hatte vor, um Ihrer Bereitschaft, es zu adoptieren, nachzuhelfen, dafür Sorge zu tragen, daß durch einen Eingriff die Gefahr weiterer Nachkommenschaften beseitigt würde, aber das Erzbischöfliche Ordinariat weigerte sich, die dazu nötige, wie es findet beträchtliche Summe zur Verfügung zu stellen, weil es die Meinung des Heiligen Vaters teilt, die wiederum ich nicht teile, es verstoße gegen die göttliche Ordnung, der Vermehrung Seiner Geschöpfe Einhalt zu gebieten. Der Heilige Vater hat offenbar keinen unheiligen Kater, sonst dächte er womöglich anders. Nun also lege ich Ihnen dieses Geschöpf zu Füßen – und vor Ihre, wie ich zu meinem Bedauern hören mußte, konfessionslose Haustür – in der Hoffnung, Sie nehmen sich seiner, wie des Großvaters, der, wie man mir zutrug, inzwischen das Zeitliche gesegnet hat, trotzdem in christlicher Nächstenliebe an. Ich werde Sie in mein Gebet einschließen. Mit freundlichem Gruß, Albin Isele, Pfarrer.

Ich öffnete vorsichtig die Tür. Was da in der Schachtel saß – »Dickmann's« stand darauf und

»Dreißig Stück. Überzug Bitterschokolade« –, war, da gab ich dem geistlichen Herrn recht, durchaus erfreulich anzusehen und hatte große, runde, sehr wache Augen. Grüne Augen, wie Glühlämpchen.

»Miau!« sagte ich aufgeregt. Was Besseres fiel mir nicht ein. Eine Pfote hing über den Schachtelrand. Die Pfote steckte in einem weißen Handschuh. Nein, nicht ganz weiß, leicht angetrübt. Der Rest war rot. Löwenrot mit orangefarbenen Tigerstreifen. An manchen Stellen ein bißchen verfilzt oder wie gegen den Strich gekämmt. Und diese Augen! Wie grünten sie so grün!

»Kikeriki!« sagte ein weniger liebliches als kräftiges, etwas rauhes Stimmchen. Es paßte sehr gut zu dem verstrubbelten roten Fell und dem alles andere als sauberen Handschuh.

»Wie bitte?«

»Kikeriki! Find ich lustig.«

Ich fand es auch lustig. »Wer bist du denn?«

»Ich bin ich. Siehst du doch.«

Grasgrüne Augen. Oder gletschergrüne? Jadegrüne? Maiengrüne? Nein, wir hatten ja erst März. Vielleicht wassergrüne Nixenaugen?

Sie legte die andere Pfote neben die erste, was unpassend brav und ordentlich aussah.

»Wer bist du denn?«

»Ich bin auch ich«, sagte ich.

Sie zwickte die Augen zu, deren unbeschreibliches Grün ich nicht benennen konnte, und schleckte sich die Pfote. »Du schwindelst.«

»Schwindeln? Ich? Wieso?«

»Nur ich bin ich.«

Ein helles Köpfchen, dachte ich. »Wie bist du denn hergekommen?«

»Er hat die Schachtel geholt, wo die Küsse drin waren, die er abends in seinem Körbchen ißt –«

»Der Pfarrer – Küsse?«

»So runde braune Dinger.«

»Ach so! Dickmänner. Mohrenküsse. Oder Negerköpfe. Oder umgekehrt. Woher weißt du das?«

»Von der Frau, die mir immer die Milch gegeben hat.« Sie fuhr sich mit der abgeschleckten Pfote über das rechte Ohr. »Die wohnt im Haus neben dem Pfarrer.«

»Woher weiß die Frau das?«

»Sie hat auch manchmal so einen Mohrenkuß –«

»In *seinem* Körbchen?«

»Das ist weicher als ihres, hat sie gesagt, und viel größer. Er hat mich in die Schachtel – und dann in sein Auto – und die Milchfrau hat gewinkt – und er hat gehupt – und ich bin auf seinen Kopf – zum Gucken – und er hat gebrüllt – verdammte Hex! – und dann war der Mülleimer hin – und dann hat er mich hier vor die Tür – und ist schnell wieder fort – und ich bin immer noch da.«

»Ich seh's.«

Jetzt kam das linke Ohr dran. »Er hat meinem Opa mal einen Schlappen nachgeschmissen.«

»Woher weißt du das?«

»Vom Schlappen. Der erzählt's überall rum.«

Die Sonne schien durch ihre Ohren und brachte sie zum Leuchten. Sehr hübsch! Die Ohren zierten kleine dunkle Punkte. Milben.

»Was machen wir jetzt mit dir?«

Sie legte den Kopf auf den Rand der Schachtel und sah mich mit erwartungsvollen Augen an. Ein klares, durchsichtiges, wie ein Schmetterlingsflügel zart geädertes Grün. »Schmeißt du auch mit Schlappen?«

»Ich hab keine. Meinen letzten Schlappen hat dein lieber Großvater zerfleischt. Komm rein!«

Eine anständige Katze ignoriert grundsätzlich alles, was auch nur entfernt nach einem Befehl klingt. Sie betrachtete interessiert die Efeuranken, die am Haus hinaufkletterten, bis zum Vogelhäuschen in drei Metern Höhe.

»Ich meine, du mußt nicht. Nur, wenn du willst.«

Sie gähnte, tatzelte nach einer Fliege, setzte sich auf, buckelte, kratzte sich mit der Hinterpfote am Ohr, schaute über sich, wie wenn sie den Himmel um Rat fragen würde, was sie natürlich nicht tat, keine Katze fragt in irgendeiner Sache irgendeine

Instanz um Rat, weil jede Katze ihre eigene Instanz ist, stieg in Zeitlupe aus der Schachtel und betrat mit freundlich aufgerichtetem Schwanz, dessen Spitze leicht umgekippt war, mein Haus und mein Leben.

Da stand sie nun in der Küche, die junge Katzendame, eher klein als groß, eher zierlich als kräftig. Der Kopf war schön rund, rosa das Näschen mit einem winzigen dunklen Fleck, und das Gesicht – so ein Katzengesicht hatte ich noch nie gesehen. Die Mundwinkel – oder sagt man Schnauzwinkel? Schnäuzchenwinkel? – zeigten, wenigstens schien es mir so, leicht nach oben, als mache sie sich über mich lustig. Sie hatte etwas eindeutig – ja, was denn? Etwas Keckes, fiel mir ein. Keck – das sagt heute kein Mensch mehr, der heutige Mensch sagt cool, und das sagt gar nichts. Aber das kurze Wörtchen »keck« riecht nach Neugierde, Aufgewecktheit und einer Portion Frechheit. Eine kecke kleine Katze. Nein, eine Dame war sie nicht.

»Vorne geht's ja, aber deine hinteren Socken sind verrutscht. Zieh die mal hoch!«

»Nutzt nix. Die sind immer verrutscht.« Sie beroch die Polster der Eckbank.

»Du könntest sie mal waschen.«

»Hab mich ein bißchen im Dreck rumgerollt.

Hast du was gegen Rumrollen? Hast du was gegen Dreck?« Die Polster wurden durch Betrampeln auf ihre Weichheit hin überprüft und offenbar für passabel befunden.

»Und wenn ich was dagegen hätt«, sagte ich, »würdest du's dann lassen?«

»Klar«, sagte sie und guckte nein. »Ich bin nämlich eine Schmuddelkatz.«

»Eine Schmuddelkatz?«

»Hat sie immer gerufen.«

»Die Milchfrau?«

»Die nicht. Die Kissenfrau.«

»Was für eine Kissenfrau?«

»Die aus dem Fenster geschaut hat. Und die Vorderpfoten hat sie immer auf ein Kissen draufgelegt. Spiel bloß nicht mit der Schmuddelkatz, hat sie zu ihrem Kater gesagt, da holst du dir was.« Sie legte den Kopf schräg. »Spielst du mit der Schmuddelkatz?«

Schräggelegte Katzenköpfe haben etwas Unwiderstehliches. Das wissen die Katzenkopfbesitzer natürlich ganz genau.

»Mal gucken«, sagte ich.

»Magst du Faxen?«

»Wieso?«

»Er hat gesagt, ich soll bloß keine machen.«

»Wer? Dieser Kater?«

»Der Pfarrer, der die Mohren geküßt hat.«

»Kommt auf die Faxen an«, sagte ich. »Es gibt solche und solche.«

»Am liebsten mag ich Forellenhäppchen in Gelee, Lachsstückchen in feiner Soße, köstliches Wildragout, knusperzarte Brekkies ohne Konser – ohne das farbige Zeug drin.«

»So was hast du gekriegt? Bei deiner Milchfrau?«

»Ich nicht. Der Kater von der Kissenfrau. Ich sag's bloß mal, damit du's weißt. Kaninchenhäppchen mag ich aber nicht. Paß bloß auf, daß du keine Kaninchenhäppchen kriegst, hat er gesagt, sonst mußt du spucken.« Sie sprang auf den Tisch und schleckte sich schon mal die Schnauze.

»Bei mir«, sagte ich, »gibt's einfache, aber gute Hausmannskost. Für mich oben, für dich unten.«

»Hast du Maus?« Sie sprang herunter und untersuchte nun den Einkaufskorb in der Ecke, der aber nur leere Pfandflaschen enthielt.

»Für Mäuse bin ich nicht zuständig. Draußen warten genug auf dich. Aber auch ohne Maus würdest du nicht verhungern. Ist die Katze gesund, freut sich der Mensch.«

Sie setzte sich vor mich hin und sah mich eindringlich an. »Bist du gesund?«

»Ein bißchen bröckle ich schon ab.«

»Wo? Zeig mal!«

»Man sieht's noch nicht so richtig, aber ich bröckle.«

»Bröckelst du schnell?« fragte sie, etwas besorgt, wie mir schien. »Sonst könnt ich ja – riecht fein hier – und wenn du nicht mit Schlappen schmeißt – und furchtbar gern mit Schmuddelkatzen spielst – aber wenn du bröckelst –«

»Eine Weile halt ich bestimmt noch.«

Sie zwinkerte ein paarmal mit den Augen. »Ist der Mensch gesund, freut sich die Katz.«

Auf die Schnauze gefallen war sie jedenfalls nicht.

»Milch hab ich nicht im Haus. Wie wär's mit ein bißchen Sahne?«

Das war ihr noch lieber. Ich verdünnte etwas Sahne mit Wasser, und sie schlabberte das Schüsselchen leer. Zweimal. Ein paar Hackfleischkügelchen – bestes Rinderhack aus Mutterkuhhaltung – fanden auch noch in ihr Platz. Dann drückte sie zuerst das Köpfchen an mein Bein, rieb die Flanke daran, schlang den Schwanz leicht um meine Knie und schaute zu mir hinauf. Ich langte hinunter, streichelte sie, und sie stupste mit dem Kopf gegen meine Hand.

»Ich glaub, ich bleib!« sagte sie, sauste durch die Küche ins Wohnzimmer und fuhr unter den Teppich wie in einen Tunnel, nur der Kopf guckte heraus.

»Das ist«, kam es aus dem Teppich, mein allerschönster Lebenstag. Und mein allerlebensschönster Tag.«

Auch ich fand, dies sei ein zumindest sehr schöner Lebenstag. Ich holte Stoffeles verwaistes Körbchen vom Speicher und hob sie hinein.

»Du liegst im seligen Körbchen deines Großvaters. Nein, im Großvater deines seligen Körbchens –« Ich war ein bißchen durcheinander. Und selig war ich auch. Ich holte ein altes, nicht mehr getragenes Schlabberkleid, schön weich, schön samtblau, und polsterte das Körbchen damit aus. Sie fläzte sich darin herum, fand es bequem und zog auch gleich einen Faden aus dem Stoff, zog immer weiter und begann, unter lautem Schnurren, das Kleid aufzuziehen.

Was für ein lang entbehrtes, wundervolles, wohltuendes Geräusch. Endlich wieder jemand im Haus, der schnurrt! Die Holzbalken ächzten und knackten vor Behagen, der Schaukelstuhl schaukelte in wilder Vorfreude, die Kissen auf dem Sofa plusterten sich auf. Die Welt war wieder in Ordnung. Die Welt schnurrte mit.

Unverhofftes Wiedersehen

Probleme löse ich am liebsten im Schaukelstuhl. Ich saß da, die Katz auf dem Schoß, und überließ mich dem ruhigen Rhythmus: vor – und zurück – und vor – und wieder zurück –

»Wir brauchen dringend einen Namen. Wer einen Namen hat, der kann nämlich nicht mehr geschlachtet werden.«

Und schon war mein Schoß leer, sie saß mit gesträubtem Fell auf dem Fensterbrett.

»Keine Angst«, beruhigte ich sie, »du bist ja kein Schaf, keine Ziege und kein Huhn. Das mit dem Schlachten hab ich bei Alice Zuckmayer gelesen. Sie hatte mal eine Farm in den grünen Bergen in Amerika und viele Tiere, die wurden gezüchtet und sollten verkauft werden und – na ja –, aber die Tiere von Frau Zuckmayer waren schlau, sie guckten immer sehr lieb und schmusten sich ein, dann kriegten sie einen Namen, und wer einen Namen hatte, der war raus aus dem Schneider. So kamen die Zuckmayers nie auf einen grünen Zweig in ihren grünen Bergen und hängten schließlich die Züchterei an den Nagel. Kannst wieder herkommen.«

Und schon war sie auf meinem Schoß. »Im lieb Gucken bin ich auch gut.« Sie guckte lieb. Sehr lieb. Sehr, sehr lieb. Ich schmolz dahin.

»Wie haben sie denn zu dir gesagt, außer Schmuddelkatz?«

»Kleine Hex – der Pfarrer. Oder Miez. Oder Muzz. Oder Mauz – die Milchfrau. Mach mal schneller mit Schaukeln.«

Ich schaukelte schneller und betrachtete sie. Das orangerot getigerte Fell, die grünen Augen, den runden Kopf, die weißen verrutschten Socken an den Hinterpfoten. Und wurde das Gefühl nicht los, als hätte ich sie schon mal gesehen, vor langer, sehr langer Zeit, was natürlich unmöglich war, und ich glaube nicht an déjà-vu und ähnlich esoterisches Zeug. »Einen Namen«, sagte ich, »muß man sich gut überlegen.«

»Ich mag keinen überlegten Namen.« Ihre Schwanzspitze bewegte sich hin und her.

»Ich wollte sagen, jeder hat einen Namen, der zu ihm gehört, und der ist nicht immer der Name, den man ihm gegeben hat. Den richtigen Namen finden ist Glückssache. Auf einmal ist er da, ist vom Himmel gefallen, ein Vogel hat ihn gepfiffen, ein Wind ihn hergeweht –«

»Ich will aber selber heißen«, sagte sie selbstbewußt. »Einen eigenen Namen will ich. Ich will nicht heißen wie so ein Mensch.«

Das »wie so ein Mensch« klang nicht gerade hochachtungsvoll. Es war der gleiche Ton, den ich von meinem seligen Stoffele her gewohnt war, und der Gedanke drängt sich auf, Bewunderung oder Ehrfurcht oder Respekt seien Fremdwörter für eine Katze, wenn es um ihr Verhältnis zu uns Menschen geht. Der Gedanke ist richtig. Die Bewunderung ist ganz auf unserer Seite.

»Menschen«, sagte sie, »ziehen uns immer ihre Namen an. Aber die passen nicht. Hängen an einem rum. Muffeln nach Mensch. Die sollen sie gefälligst selber behalten.«

»Keine Angst, du kriegst einen eigenen, nicht nach Mensch muffelnden Namen.«

»Wenn du noch wilder schaukelst, fällt er dir bestimmt ein«, sagte sie hoffnungsvoll. »Einen Namen will ich, so wild wie ich jetzt guck.« Sie guckte sehr wild.

Ich schaukelte gehorsam wilder – und noch wilder – dann stieß ich mit der Rückenlehne des Schaukelstuhls an die Wand hinter mir, es schepperte, und als ich mich umdrehte, lag das Bild auf dem Boden und war aus dem Rahmen gefallen: eine Fotografie, uralt, von anno dazumal, aus dem Foto grinsten meine Geschwister und ich, ziemlich dümmlich grinsten wir, sechs, vier, zwei Jahre alt, alle mit eindrucksvollen Zahnlücken, und jeder hatte etwas Geliebtes im Arm, einen Bär mein Bruder, einen Has meine Schwester, und ich, ich drückte Schlumpel an mich.

Schlumpel: aus alten Stoffetzen zusammengenäht, weich und warm, verschmuddelte, ehemals weiße, verrutschte Socken, rotes Haar, im runden Gesichtchen funkelten gläserne grüne Knopfaugen. Pfiffig war sie, und ich hatte oft das Gefühl, sie mache sich über jemand oder etwas lustig, ihre Mundwinkel zeigten immer nach oben. Neugierig war sie, sagte gern freche, nein, rotzfreche Sachen, genau die, die zu sagen ich mich nicht traute, und sie war geradezu vorbildlich schlampig. Nichts haßte sie mehr als ein aufgeräumtes Kinderzimmer, am liebsten schlief sie im Katzenkörbchen und bekam Flöhe, was unsere Katze keineswegs störte, die hatte auch welche. Ich liebte Schlumpel über alles, viel mehr als den lieben Gott, was ich Schwester Gertrud, der Religionslehrerin, anvertraute, die sagte, das sei eine sehr schwere Sünde und gegen das erste Gebot, das müsse ich unbedingt beichten, und Schlumpel müsse aus dem Haus. Aber ich hab es nicht gebeichtet, hab die Sünde behalten und beschlossen, mit Schlumpel aus der Religion und dem lieben Gott auszuziehen. Doch eines Tages war sie weg, spurlos verschwunden, vielleicht hatte sie der Teufel geholt, zur Strafe, weil ich sie ja mehr liebte als den lieben Gott. Sie kam nie mehr wieder. Ich war allein. Schlumpelseelenallein. Wurde krank, wollte sterben, konnte kein »sch« mehr aussprechen, starb aber nicht und lebe heute noch. Auch habe ich inzwischen keine Schwierigkeiten mehr mit Wörtern mit einem »sch« vorne, hinten oder in der Mitte.

»Heureka!« sagte ich, und noch mal: »Heureka!«

Sie schlenkerte die Pfote, wie Katzen es tun, wenn sie unbegeistert von irgendwas sind.

»Das ist kein Name«, beruhigte ich sie, »›heureka‹ bedeutet ›ich hab's!‹ Der es gerufen hat, heißt Archimedes und war ein alter schlauer Grieche.«

Auch dieser Name wurde kräftig pfotenbeschlenkert.

»Keine Angst, den kriegst du nicht. Er hat das spezifische Gewicht gemeint, von Gold, glaub ich. Aber ich hab deinen Namen gefunden: Schlumpel.«

»Rumpel, Pumpel, Humpel«, sagte sie und klappte bei jedem Wort die Augen auf und zu. »Lumpel, Bumpel, Wumpel, Mumpel, Zumpel –« Sie kratzte sich mit Inbrunst.

»Nein«, sagte ich, »Schlumpel.«

»Schlumpel«, wiederholte sie und schnüffelte. »Riecht wild.«

»Das ist dein wahrer, dein richtiger, dein hergeschaukelter Name, gerade eben ist was runtergefallen, und dann ist er mir eingefallen.«

Schlumpel zog sich den Namen über die Ohren, sagte »paßt«, und »nix mit Schlachten!« Dann sprang sie von meinem Schoß, trottete zu ihrem Körbchen, bestieg es und rollte sich darin zurecht. »Schlumpel geht ein bißchen unter.«

»Wie bitte?«

»Wie die Sonne. Das macht die jeden Abend. Und morgen geh ich wieder auf.« Dann war sie weg.

»Schlumpel«, sagte ich glücklich, »du bist wieder da. Nach so vielen Jahren! Und du liegst wieder im Katzenkörbchen.« Ich kratzte mich am Bein. »Flöhe hast du auch. Bist halt eine Schmuddelkatz.«

Geschäfte

Ich füllte das grüne Plastikwännchen mit Katzenstreu – selbstverständlich biologisch abbaubar, mit praktischer Klumpenbildung – und stellte es ins Kabäuschen hinter der Küche neben die Waschmaschine.

»Was ist das?« fragte Schlumpel.

»Das ist dein Klo. Wenn du mal mußt.«

»Hab schon eins. Ein riesengroßes.«

»So? Wo denn? «

»Der Garten. Macht richtig Spaß. Am liebsten tät ich immer gleichzeitig überall müssen.«

»Der Garten«, sagte ich, »ist im Prinzip kein Klo, aber wenn du sowieso draußen bist, kannst du dir immer ein stilles Eckchen suchen. Blumen- und Salatbeete sind übrigens keine stillen Eckchen. Doch du bist nicht immer im Garten oder auf der Wiese. Und wenn's kalt ist, frierst du dir draußen den Schwanz ab.«

»Mal gucken!« Schlumpel betrat das neue Klo, beschnüffelte es ausgiebig und weihte es ein. Drehte sich um, betrachtete entzückt den feuchten Fleck und scharrte Streu darüber. Sehr gründlich scharrte sie. Geriet in einen wahren Scharr-Rausch. Die Streu bildete, wie versprochen, kleine dunkle Klümpchen.

Ich fegte die Klümpchen in allen vier Ecken der Küche zusammen. »Kannst du nicht ein bißchen dezenter scharren?«

»Was ist ›dezent‹?«

»Nicht so wild.«

»Ich bin keine dezente Katze«, sagte Schlumpel mit fröhlichem Nachdruck, »ich bin eine Schmuddelkatz. Scharren macht Spaß. Wild scharren macht noch mehr Spaß. Lustig, wie das Zeug hier rumfliegt.« Ihr Schwanzende kringelte sich fröhlich.

Ich fand es weniger lustig.

»Hast du auch ein Kistchen?« fragte sie.

»Ich geh nicht aufs Kistchen.«

»Gehst du in den Garten?«

»Ich hab ein anderes Klo. Ein Menschenklo.«

Schlumpel begehrte sofort, dieses andere Menschenklo zu besichtigen.

Ich zeigte es ihr. »Also da setz ich mich drauf, und hinterher drück ich auf diese Taste, dann kommt ein freundlicher Wasserfall und spült alles weg.«

»Mach mal!« befahl Schlumpel, aber ich machte nur den Wasserfall, ließ es wallen und brausen und rauschen.

Schlumpel legte den Rückwärtsgang ein. »Zu laut!« befand sie. »Und zu naß. Ein Kistchen ist besser. Und Scharren. Warum scharrst du nicht?«

»Menschen sind keine Scharrer. Wir spülen unsere Geschäfte mit Wasser hinunter. Dann sind sie weg.«

Schlumpel betrachtete mich kritisch und mitleidig zugleich. »Wahrscheinlich liegt's an euren mickrigen Vorderpfoten«, vermutete sie, »daß ihr nicht richtig scharren könnt und einen Wasserfall braucht.«

Ich betrachtete meine mickrigen Pfoten. »So wird's wohl sein.«

Schlumpel sprang auf den Kloschüsselrand und schaute dem Wasser nach. »Wo sind die Geschäfte, wenn der Wasserfall sie mitgenommen hat?«

»Willst du ein bißchen Leberwurst?«

Schlumpel wollte keine Leberwurst, sondern eine Auskunft. »Wo sind die Geschäfte dann?«

»Sie fließen durch ein Rohr in eine Grube. Die ist im Garten.«

»Was machen sie dort?«

»Ich glaub, ich hör das Telefon.«

»Ich hör nix. Was machen die Geschäfte dort?«

»Sie muffeln vor sich hin.«

»Und dann?«

»Kommt ein großer Wagen und pumpt das Zeug in ein großes Faß.«

»Und dann?«

»Kommt es in eine Kläranlage.«

»Und dann?«

»Wird das Dicke vom Dünnen getrennt.«

»Und dann?«

»Ich mach dir eine Dose auf.«

Schlumpel ließ sich nicht ablenken. Für sie war die Sache hochinteressant.

Aber da ich nicht genau wußte, wie's weitergeht mit diesen unseren Geschäften, und weil ich das Thema etwas anrüchig fand, schürzte ich dringende Bügelarbeiten vor.

»Nicht so toll, eure Geschäfte«, sagte Schlumpel herablassend. »Find ich umständlich. Und so ein Gedöns mach ich nicht.« Sie marschierte zurück in die Küche, bestieg, mit dem Gefühl der absoluten körperlichen Überlegenheit ihrer Spezies über die, der ich angehöre, erneut ihr Klo und zeigte mir ausführlich, wie man mit den Vorderpfoten scharrt, daß – nein, nicht die Fetzen – daß die Klümpchen fliegen. Dann entdeckte sie den Brotkorb auf dem Tisch, kletterte hinein, fraß ein paar Krümel und rollte sich darin zusammen. Sie ist nun mal keine besonders dezente Katze. Ich werde damit leben müssen. Und zwar gern. Aus dem Brotkorb hab ich sie natürlich rausgeworfen.

Die Viererbande

Am Tag darauf machte Schlumpel mit der Viererbande Bekanntschaft.

Bei des Pfarrers nächtlicher Mohrenkopfmitvertilgerin hatte Schlumpel die Milch aus einem braunen Blumenuntersetzer aus Plastik geschlabbert. In meinem Haus pflege ich eine gewisse Eßkultur, ich decke den Tisch immer sehr geschmackvoll, zum Frühstück am liebsten mit *Hahn und Henne,* einem Schwarzwälder Keramikgeschirr in optimistischem Gelb und Grün; den Nachmittagstee nehme ich in *Favorit,* altmodisch blauberankt und handbemalt.

Schlumpel war nun ebenfalls stolze Besitzerin mehrerer Schüsselchen, war sozusagen Großschüsselchenbesitzerin. Auf dem roten stand *Alles für die Katz!* Auf dem blauen *Guten Appetit!* Auf dem grünen *Leider leer!* Es gab noch ein viertes, gelbes, *War's fein?* Und ein fünftes *Für liebe Gäste,* aber aus dem fressen vorbeiziehende Sänger, wandernde Herumstreuner.

Schlumpel rieb den Kopf an meinem Bein. »Ich hab vier Schüsselchen. Und du?«

»Ich hab ein paar mehr.«

»Dann brauchst du aber lang zum Sauberschlecken.«

»Ich schlecke nicht selber. Ich lasse schlecken. Von dem da.« Ich deutete auf den Geschirrspüler, der war gerade in Aktion. »Der schleckt alles sauber. Picobello. Wilhelm heißt der Kerl.«

Schlumpels Schwanz machte einen freundlichen Begrüßungskringel. »Schmeckt's, Wilhelm?«

Wilhelm gurgelte und rülpste.

»Dem ist schlecht«, sagte Schlumpel, »gleich spuckt er.«

»Dem geht's bestens. Weil sein Bauch so voll ist. Was, Wilhelm?«

Wilhelm röhrte und röchelte zustimmend. Er ist der älteste der Viererbande und nicht mehr ganz auf der Höhe, die Teller und Tassen sind manchmal nicht mehr so blitzblank wie früher, aber dann spüle ich sie schnell nach, ohne es ihm zu sagen, ich will ihn ja nicht vergrätzen, und wer weiß, wie meine Tassen und Teller aussehen, wenn ich mal nicht mehr ganz auf der Höhe bin.

Schlumpel sah sich weiter um. »Der hat aber einen langen Hals.«

»Das ist Anton, der Staubsauger. Er ist ganz wild auf Staub.«

»Warum?«

»Weil der ihm schmeckt. Er frißt ihn mit Lust. Kann nicht genug kriegen. Und Fussel. Und Krümel. Und Schlumpelhaare, wie hier auf dem Sofa.« Ich schaltete Anton ein, und er waltete gierig seines Amtes.

Schlumpel wurde größer. Ihre steifen Beine wuchsen in die Höhe, sie buckelte mit gesträubtem Fell und baute sich seitlich vor Anton auf, was höchst imponierend wirkte. Der Schwanz wurde zu einer aufgeplusterten Bürste, Schlumpel zu einer zischenden Schlange, sie spuckte Anton an und verschwand unter der Truhe, die schon Stoffeles Zufluchtsort gewesen war. »Warum brüllt er so? Schmeckt's ihm nicht?«

»Und wie es ihm schmeckt! Anton brüllt vor Freude.«

»Ich brüll nie, wenn's mir schmeckt.«

»Das ist mir auch lieber.«

»Sag ihm, er soll den Mund halten.«

Ich sagte es Anton. Er verstummte.

Schlumpel kroch wieder unter der Truhe hervor und machte einen großen Bogen um ihn herum. »Frißt er auch Kaninchenhäppchen?«

»Nein.«

»Warum nicht?«

»Weil er dann spuckt. Wie du.«

Dann stellte ich ihr August vor. Der steht im

Wohnzimmer und ist ziemlich klotzig. »August schaut sich für mich in der Welt um.«

»Ich guck lieber selber«, sagte Schlumpel.

»Man kann halt nicht alles selber sehen. August sieht, was passiert, auch wenn es ganz weit weg ist. August ist nämlich ein Fernseher.«

»Und wenn er's gesehen hat?«

»Dann zeigt er es mir.«

»Und wenn du's gesehen hast?«

»Vergeß ich's wieder.«

»Warum zeigt er's dir dann?«

»Er kann halt nix anderes. Dazu ist er da.«

»Warum vergißt du's wieder?«

»Damit mein Kopf nicht platzt.«

»Er sieht ein bißchen dumm aus«, stellte Schlumpel nach kritischer Betrachtung und Beschnüffelung fest. »Er riecht auch dumm.«

»Drum heißt er ›dummer August‹«, sagte ich. »Meistens pennt er, aber wenn ich auf das Kästchen hier drücke, wacht August auf und zeigt mir, was er gesehen hat.«

»Drück mal!«

Ich drückte. August zeigte ein Nashorn. Ich zappte weiter. Den Bundeskanzler. Zapp! Ein Fußballspiel. Zapp! Wer wird Millionär? Zapp! Äffchen und Pferdchen. Zapp! Das Wetter –«

»Der guckt aber durcheinander«, stellte Schlumpel fest. »Vielleicht ist er müd.«

»Dann schick ich ihn schlafen.«

Sie gähnte. August schien sie nicht sehr zu beeindrucken. Weil sie selber guckt. Und nicht durcheinander. Sie sprang auf meinen Schreibtisch, näherte sich vorsichtig dem Computer und tippte ihn mit der Pfote an. »Wer ist das?«

»Das ist Heini.«

»Was macht der da?«

»Er schreibt.«

»Was schreibt er denn so?«

»Heini schreibt, was ich ihm sage.«

»Warum?«

»Weil ihm selber nix einfällt.«

»Warum fällt ihm nix ein?«

»Heini«, sagte ich, »ist ein bißchen dumm.«

»Wie August?«

»So ist es«, sagte ich. »Heini hat die Geschichten geschrieben von Stoffele, deinem verewigten lieben Großvater.«

»Kannst du nicht selber schreiben? Wo du doch oben zwei Pfoten hast.«

»Schon. Doch Heini schreibt ordentlicher. Man kann's besser lesen.«

Schlumpel spazierte um Heini herum. »Er hat aber keine Schreibpfoten.«

»Die hat er innen.«

Schlumpel verlangte, Heinis innere Pfoten zu sehen.

»Lieber nicht. Er mag es nicht, wenn man sie sieht.«

»Bestimmt sind sie dreckig. Meine Pfoten sind auch gerade dreckig. Ein sehr angenehmes Gefühl.«

»Heini hat keine Dreckpfoten. Ich hau hier drauf« – ich zeigte auf die Tastatur –, »und zwar maßvoll, und dann –«

»Dann heult er«, sagte sie.

»Er heult nicht, er freut sich furchtbar, legt los und schreibt, und er zeigt mir sofort, was er geschrieben hat.« Ich deutete auf den Bildschirm. »Hier kann ich es lesen.«

Aber Schlumpel, die, wie Faust, wissen wollte, was die Welt im Innersten zusammenhält, verlangte immer noch unbedingt in Heini hineinzugucken.

»Wenn ich ihn aufmache, geht er kaputt.«

»Wo sind seine Ohren?«

»Wieso Ohren?«

»Er muß doch hören, was du sagst, sonst kann er's nicht schreiben.«

»Seine Ohren – das sind diese Tasten.«

»Der hat aber viele Ohren!«

»Kann man wohl sagen. Auf den Tasten sind Buchstaben. Daraus mache ich Wörter. Und die schreibt er dann.«

Schlumpel sprang mit einem Satz auf Heini. »Mach mal!«

Und also machte ich und schrieb: *Schlumpel sitzt gerade auf Heini. Ich sitze nie auf Heini, weil sich das nicht ziemt und weil der sonst zusammenkracht.*

Sie verfolgte gespannt jeden Buchstaben, jedes Wort. »Jetzt vorlesen!« befahl sie.

Ich las vor: »*Schlumpel sitzt gerade –*«

»Ist er kitzlig?« Sie kitzelte Heini mit der Pfote. »Lach mal!«

»Pfoten weg!«

»Hast du ihn schon mal gekitzelt?«

»Ich kitzle grundsätzlich keinen Heini.«

»Warum nicht?«

»Sonst lacht er sich tot. Und davon hab ich nix.«

»Schad! Mach weiter!« Schlumpel beobachtete mich scharf, als ich den nächsten Satz schrieb: *Hier unten haue ich maßvoll auf die Tasten mit den Buchstaben; Heini schreibt diese Buchstaben mit seinen im Gegensatz zu den Schlumpelpfoten selbstverständlich sauberen Innenpfoten und zeigt sie mir oben auf seinem Bildschirm. Wenn ihm nichts anderes einfällt.* Dann las ich den Satz vor.

»Und wenn er mal nicht will?«

»Heini will immer. Wenigstens fast.«

»Und wenn er trotzdem mal nicht will?«

»Red ich ihm gut zu.«

»Und wenn er immer noch nicht will?«

»Hau ich ihm auf den Kopf.«

»Und wenn er trotzdem immer noch nicht will?«

»Dann ruf ich Valerie an.«

»Haut die besser?«

»Die haut überhaupt nicht. Valerie geht gewaltfrei vor. Sie ist eine Fachfrau für Heinis. Sie braucht nur zu sagen: Schau mir in die Augen, Kleiner! und ihm was ins Ohr zu flüstern, dann kuscht er.«

»Ich kenn auch einen Heini«, sagte Schlumpel. »Der Pfarrer – der mit den Mohrenküssen – ist der Heini vom lieben Gott.«

»Wie kommst du denn darauf?«

»Ich bin mal auf seinem Fensterbrett – nur zum Gucken – und da hab ich's gehört – er schreibt Gotteswörter auf, und die Gotteswörter erzählt er am Sonntag den Leuten in der Kirche, damit die Bescheid wissen.«

»Der liebe Gott«, sagte ich, »braucht keinen Heini.«

»Schreibt er selber? Mit seinen eigenen Pfoten? Bestimmt ganz schön dreckig, seine Gottespfoten.«

»Schlumpel!« Ich bin zwar unfromm, aber dreckige Gottespfoten – nein, das geht nun doch zu weit.

»Weil er sie immer in den Eimer mit dem Lehm

gesteckt hat, bei der Erschöpfung. Vom Schöpfen kriegt man dreckige Pfoten. Ist doch klar.«

»Der liebe Gott«, sagte ich, »pflegt nicht selbst zu schreiben. Alles, was er für wichtig hielt, hat er jemandem diktiert.«

»Sag ich ja. Dem Pfarrer, der mit meiner Milchfrau in seinem Körbchen Mohrenküsse –«

»Dem bestimmt nicht. Dem Moses.«

»Wie du deinem Heini?«

»Sozusagen.«

»Dann ist der Moses der Heini vom lieben Gott«, stellte Schlumpel fest.

»Und Moses«, sagte ich, »hat es dann auf Tafeln geschrieben.«

»Aus Schokolade? Der Pfarrer hat immer ein paar Tafeln in einer Schublade gehabt und hineingebissen. Mit Nüßle.«

»Gottes Wort hört man«, sagte ich, »oder man hört weg, aber man frißt es nicht. An den Gottestafeln hätte dein Pfarrer sich die Zähne ausgebissen. Die sind nämlich aus Stein. Damit sie länger halten.«

»Länger als unser Heini?«

»Viel länger.«

»Was sagt er denn so, der liebe Gott?«

Das Gespräch nahm eine Wendung, die mir in keiner Weise behagte, wobei ich Wert lege auf dieses »in keiner Weise«. Denn das immer häufiger, auch von Bundeskanzlern, Ministerpräsidenten, Fernsehmoderatoren und Geistlichen beider Konfessionen verwendete »in keinster Weise« jagt mir jedesmal, wenn ich es hören muß, einen ästhetischen Schauer über den Rücken. Jeder, jederer, am jedersten, steigere ich dann in Gedanken, oder: anders, anderer, am andersten. Und mir wird schlecht.

Ich verhüllte Heini und klappte den Deckel über die Tastatur. »Schluß für heut.«

»Du weißt ja nur nicht, was der liebe Gott dem Mosesheini gesagt und was der dann geschrieben hat.«

»Natürlich weiß ich es. Er ist ja nicht, was man einen Vielschwätzer nennt. Nur ein paar Sätze. Genauer gesagt, zehn.«

Schlumpel fand das schlau. »Er hat bestimmt gedacht, ich mach den Menschen zehn Finger, dann können sie sich meine zehn Sätze besser merken. Die Hellsten sind sie nämlich nicht. Sind sie lustig, die zehn Finger-Sätze?«

»Das kann man so nicht sagen.«

Schlumpel wollte unbedingt die zehn Sätze des lieben Gottes wissen, von denen ich ihrer Meinung nach offenbar nicht wußte, ob sie nun lustig sind oder eher nicht. Aber darauf ließ ich mich gar nicht erst ein.

»Also ich hätt da noch etwas Schlagsahne –«

Nachdem die Schlagsahne alle war, kam Schlumpel auf die Idee, ein Nickerchen zu machen – ein bißchen unterzugehen, wie sie's nennt –, und marschierte zielstrebig auf den Sessel in der Kaminecke zu.

»Halt!« rief ich. »Dieser Sessel ist tabu. Das ist Konrads musikalischer Sessel.« Warum dieser Sessel musikalisch ist und dazu noch Konrads, wird bei passender Gelegenheit erklärt werden. Ich schiebe Konrad, obwohl ich ihm sehr zugetan bin, noch etwas hinaus, denn mit ihm ziehen dunkle Wolken am Horizont unseres bisher ungetrübten freundlich-blauen Himmels auf.

»Tabu? Riecht nicht gut, das Wort. Aber der Sessel riecht fein.« Sie sprang hinauf und beschnupperte ihn gründlich. »Schön weich. Das Kissen auch.« Sie trappste ein paarmal herum, drehte sich, rollte sich zusammen und ging ganz schnell unter. In Konrads musikalischem Sessel.

Kann ja heiter werden.

Teufelsbrut

Öfters mal was Neues, was?« fragte die Tierärztin. »Wo haben Sie die denn her?«

»Das ist Stoffeles Enkelkind. Eins von vielen.«

»Teufelsbrut!« murmelte sie und schlug ein Kreuz. Vermutlich erinnerte sie sich an eine umgefegte Vase, einen Kratzer auf ihrer Hand und an ungeheure Mengen besänftigender Katzengutsel, mit denen sie bei Stoffele nach jeder kräfteraubenden Behandlung gut Wetter machen mußte.

»Zeig her deine Pfoten!« Guckte ihr in die Schnauze. »Zähne gut.« In die Ohren. »Total vermilbt.« In die Augen. »Blitzblank.« Fuhr mit einem Kamm durch den Pelz, ein paar dunkle Punkte suchten das Weite. »Eine Flohburg.« Tippte auf die Nase. »Schön rosa. Aber mit einem schwarzen Fleck.«

»Stoffele war auch befleckt. Nur daß der bei ihm am Schwanzende saß und weiß war.«

»So ein nichtreinrassiger Fleck«, erklärte die

Tierärztin freundlich, »mindert bedenklich ihre Chancen in einem Schönheitswettbewerb.«

»Ich hab auch einen Fleck, ich verrate bloß nicht, wo«, sagte ich, »aber ich nehm grundsätzlich nie an Schönheitswettbewerben teil, Schlumpel auch nicht. Für mich ist sie schön. Wenn Sie nicht sofort sagen, das sei die schönste Katze, die Sie heute gesehen haben, such ich mir jemand anderen.«

Sie sah Schlumpel mitleidig an. »So was von Herzlosigkeit! Armes kleines Ding.«

»Ich meine, einen anderen Tierarzt. Mit mehr Sinn für nichtreinrassige, befleckte Schönheit.«

»Dies«, sagte sie, »ist die schönste Katze, die ich heut gesehen habe. Ganz im Ernst.«

»Wieviel waren denn hier?«

»Drei Hamster, ein Meerschweinchen, ein Kanari, eine weiße Maus, ein Goldhamster. Ich geb Ihnen was mit für die Würmer und für die Flöhe.«

»Ich hätt lieber was gegen die Würmer und gegen die Flöhe.«

»Schön rund, das Bäuchlein.« Sie streichelte es.

Schlumpel quiekte empört.

»Das Runde kommt von der Dose *Lachshäppchen sehr fein,* die sie vorhin weggeputzt hat.«

Guckte ihr untern Schwanz. »Alles in Ordnung.«

Schlumpel gefiel das Unternschwanzgucken nicht, sie fauchte die Tierärztin beherzt an.

»Sie ist pumperlgsund. Ich geb ihr eine Spritze.«

»Aber wenn sie pumperlgsund ist –«

»Eine Spritze gegen Katzenschnupfen, Tollwut, Masern, Mumps, Bauchfellentzündung, Keuchhusten. Da sind lauter gute Sachen drin«, sagte sie zu Schlumpel, die das mit dem gesunden Instinkt einer jungen Katze einem Weißkittel – oder einer Weißkittelin – gegenüber aber nicht glaubte und den Kopf in meinen Ärmel steckte, in der Hoffnung, sie sei dann weg. Die Ärztin auch. »Na, da werden die Kater ja Schlange stehen.«

»Wie alt ist sie denn?« fragte ich.

»Ein Jahr etwa.«

»Seppi, der Nachbarskater, steht schon Schlange.«

Sie guckte bedenklich.

»Aber dem hat sie eins übergezogen. Der traut sich nicht gleich wieder ran.«

»Bringen Sie sie gelegentlich vorbei. Bevor sie unters Messer kommt, muß sie erst die Spritzen verdauen.«

»Hat noch Zeit«, sagte ich. »Ich will, daß sie sich zuerst eingewöhnt. Eigentlich sollte sie gar nicht mehr unters Messer müssen. Doch leider hat das Erzbischöfliche Ordinariat es an Verantwortungsgefühl fehlen lassen. Wenn's um Geld geht, spielen ethische Grundsätze in der Kirche offenbar keine Rolle.«

Das Gesicht der Tierärztin zeigte, daß sie Schwierigkeiten hatte, das Erzbischöfliche Ordinariat, katzliche Schwangerschaftsverhütung und ethische Grundsätze unter einen Hut zu bringen.

Schlumpel streckte den Kopf wieder raus, nahm beleidigt das Katzengutsel an und verlangte noch drei als Zugabe und Schmerzensgeld.

»Die Raffgier hat sie von ihrem Großvater«, behauptete die Ärztin.

Als ich das Körbchen durchs Wartezimmer trug, hörte ich Schlumpel sagen: »Heut war aber nicht mein allerschönster Lebenstag. Wenn das so weitergeht –«

Nomen est omen

Ich kämmte die von meiner Katze verhuddelten Teppichfransen wieder glatt, sammelte die Nüsse ein, die sie durchs Zimmer zu treiben pflegt, legte das heruntergezogene Tuch wieder auf den Tisch und entfernte mit einem nassen Lappen ein paar klebrige Pfotenabdrücke vom Glas der Balkontür.

»Schlumpel«, sagte ich mit großer Bewunderung und ganz leisem Vorwurf, »du und dein Name, ihr seid wirklich wie füreinander geschaffen.«

Was Schlumpel als Kompliment empfand. Sie rollte sich auf dem Teppich hin und her und streckte zustimmend alle viere von sich.

»In dir stecken zwei Wörter.«

Auch das gefiel ihr. »Vier Pfoten, zwei Ohren, ein Schwanz und dann noch zwei Wörter. Toll, was alles in mir drinsteckt. Was für Wörter?«

»Lumpig und schlampig. Oder Lumpen und Schlampe. Oder Schlampigkeit und Lumpigkeit.«

Schlumpel beschnupperte die Wörter und fand, sie röchen unwiderstehlich aufregend.

»Meine alte Kinderschlumpel«, sagte ich, »war wirklich aus Lumpen zusammengenäht.«

»Ich bin nicht zusammengenäht, ich bin ganz. Rundherum. Aus einem Stück bin ich.«

»Drum bist du auch nur in übertragenem Sinn ein Lumpenstück.«

Schlumpels Schwanz wurde zum Fragezeichen.

»Dein Charakter ist schlumpelig. Und zwar nicht zu knapp.«

Sie kam wieder auf die Pfoten, setzte sich vor mich hin und sah mich aufmerksam an. »Wo ist der? Zeig mal!«

»Der Charakter? In dir drin.«

»Im Bauch?«

»Nicht direkt.«

»Im Kopf?«

»Auch nicht direkt.«

»Im Schwanz? Im Schnurrbart? In den Pfoten? In den Ohren?«

»So ein Charakter«, erklärte ich, »steckt nicht in einem Ohr oder in einem Schwanz. Der steckt in der ganzen Schlumpel drin.«

Und Schlumpel freute sich so, einen Charakter ihr eigen zu nennen, der all diese großartigen sprachlichen Möglichkeiten in sich barg, der in übertragenem Sinn schlumpelig genannt werden konnte, oder auch lumpig, schlampig oder schlampelig, und der in ihr drinsteckte, wenn ich auch nicht genau wußte, wo, daß sie ihren Kopf an meiner Hand rieb. »Hab ich gar nicht gewußt, was für einen tollen Rakakter ich hab. Der Rakakter kommt bestimmt daher, daß ich eine Schmuddelkatz bin.«

»Aber ich merk's«, sagte ich, ihre Ohren streichelnd, »weil ich, seit du da bist, nichts mehr finde. Alles geht auf Wanderschaft. Sogar die Teelichter.«

»Die rollen so schön über den Boden. Und es sind keine Lichter, es sind Mäuse. Rollmäuse.«

»An allen Sesselbezügen und Tischdecken hängen die Fäden heraus. Hörst du nicht, wie sie heulen? Du putzt dir nie die Pfoten ab, wenn du aus dem Garten kommst. Gestern hab ich gehört, wie du Bastians Seppi, der doch ein liebenswürdiger, ausgesprochen verträglicher Kater ist, nachgerufen hast, er sei ein blöder Pinsel und ein – ich bring das Wort nicht über meine anständigen Lippen. Wo hast du bloß diesen ordinären Wortschatz her?«

»Man hört sich um«, sagte Schlumpel. »Ich kenn noch viel mehr solche Wörter. Frag mich, wenn du mal eins brauchst.«

»Du hast Seppis Schüsselchen leergeputzt, und er ist danebengestanden und hat gemaunzt. Dann hast du ihm eins übergezogen, und jetzt sieht seine Nase ein bißchen angegriffen aus.«

»Hast du auch einen Rakakter?«

»Natürlich hab ich einen, wie jeder Mensch.«

»Ist der auch so schön schlumpig, schlampig, schlumpelig und schlampelig wie meiner?«

»Der ist moralisch gehobener. Ordnungsliebend. Pünktlich. Höflich. Wohlerzogen. Zuverlässig. Rücksichtsvoll. Beinahe jedenfalls.«

»Schad!« sagte Schlumpel ehrlich betrübt. »Vielleicht wird deiner noch.« Sie sprang auf meinen Schoß, schleckte mir, um mich über meinen fast untadeligen Charakter hinwegzutrösten, die Hand, und dann kriegte sie einen wilden Schmuseanfall. So was kommt bei ihr aus heiterem Himmel. Und wenn Schlumpel schmusen will, muß man alles aus der Hand legen, das Buch, Messer und Gabel, Nadel und Faden, die Computermaus, die Zeitung, das Zappkästchen, und sich ausschließlich ihr widmen. Was ich auch tat.

»Reicht!« sagte Schlumpel, sprang aus ebenso heiterem Himmel wie vorhin von meinem Schoß, um sich einer lang andauernden, gründlichen Reinigung ihres Pelzes zu unterziehen. In dieser Beziehung ist sie übrigens keine Schmuddelkatz, das muß ich zu ihrer Ehrenrettung doch mal sagen. Sie saut sich gern ein, sielt sich im Staub, umgeht keine Dreckpfütze, aber hinterher putzt und schleckt sie sich, wie sich's gehört.

»Ich bin doch keine Wuzz«, sagte ich beleidigt, und sie, zwar unten auf dem Teppich sitzend, aber trotzdem von oben herab: »Man riecht nicht nach

Mensch, auch nicht als Schmuddelkatz. Und du wäschst dir auch immer die Pfoten, wenn du mich gestreichelt hast. Ich bin doch keine Wuzz! Ich bin Schlumpel. Und ich hab einen schlumpeligen Rakakter in mir drin. Ich hab was, was du nicht hast.« Sie gähnte. »Ich geh mal ein bißchen unter.« Und wieder trottete sie auf den sehr gemütlichen großen Sessel zu, der vor dem Kamin steht.

»Das geht nicht«, rief ich. »Der ist tabu. Der gehört Konrad. Hab ich dir schon ein paarmal gesagt.«

Schlumpel starrte mich verständnislos an.

»Ich erklär's dir später. Wenn er mal da ist.«

»Er ist da«, sagte Schlumpel, »und er wartet auf mich. Hat er eben gesagt.«

»Ich meine Konrad, nicht den Sessel. Und jetzt mach ich mir einen schönen Kaffee.«

Als ich mit dem schönen Kaffee, ich meine, mit der schönen Kaffeetasse ins Zimmer zurückkam, war Schlumpel schon untergegangen. In Konrads musikalischem Tabu-Sessel. Ich saß noch eine Weile im Schaukelstuhl und dachte nach. Über Schlumpels Charakter, diese Mischung aus Kratzbürstigkeit, Schmuddelkatzenschlampigkeit und unwiderstehlichem Charme, gewürzt mit einer Prise – einer großen Prise! – Unvornehmheit, und das ist noch vornehm ausgedrückt. Kein Wunder, bei diesem Großvater!

Bettgeschichte

Raus mit dir!« sagte ich energisch. »Eine Katze hat nichts in meinem Bett verloren.«

»Ich hab nichts verloren«, sagte Schlumpel. »Ich verlier nie was. Du dauernd. Deine Brille, deinen Hausschlüssel, den Geldbeutel, den Kamm. Ich hab immer alles bei mir und an mir dran. Und das Bett hab ich gleich gefunden. Schön weich hier.« Sie rollte sich ein paarmal hin und her.

»Eine Katz im Bett ist unhygienisch, unsauber, schmutzig, und daher gefährlich, weil ich, als Mensch, dann krank werden kann. Nur was bei neunzig Grad gekocht wurde, ist keimfrei, hygienisch, ungefährlich und porentief rein.«

»Ich mag nicht gekocht werden«, sagte Schlumpel. »Und ich putz mich mehr als du. Und ich komm überall an mir hin. Du nicht. Du brauchst dazu eine Bürste mit einem langen Stengel dran. Und Seife. Und ein Handtuch. Brauch ich Seife? Brauch ich ein Handtuch? Brauch ich einen langen Stengel? Also: wer ist denn hier sauber und wer unsauber? Schmutzig? Gefährlich? Wo du mich dauernd anfaßt.« Sie fing an, sich zu schlecken, richtig vorwurfsvoll schleckte sie sich.

»Hab's nicht so gemeint.« Ich strich über ihren Kopf. »Bist zwar eine Schmuddelkatz, aber nie lang. Ich wundere mich, wie du dich immer wieder sauber kriegst.«

»Laß das!« Sie fuhr die Krallen aus. »Von so was kann man nämlich krank werden, als Katze. Wo du doch gar nicht porentief gekocht bist.«

Die Nacht war kalt, meine Füße waren eisig. Weshalb ich aufstand, mir eine Bettflasche machte – ich besitze eine mit einem blauen Frotteeüberzug in Gestalt einer Katze – und mich wieder hinlegte. Meine Füße wurden schön warm. Und schön naß. Die Bettflasche leckte, der Bettkatze lief, anatomisch unkorrekt, das Wasser zu den Ohren raus. Ich überzog das Bett neu, die Laken waren frisch, kalt und klamm, wer soll da einschlafen können. Also stand ich wieder auf und suchte meine Angora-Bettsocken, weich und wollig, das Paar zwanzig Euro, in wärmendem, sonnigem Gelb. Fand aber nur einen, und der war verfilzt, zu heiß gebadet, wie man so sagt. Paßte kaum über den großen Zeh.

Blieb die elektrische Heizdecke. Ich hasse elektrische Heizdecken, wie alle Geräte und Apparate, die irgendwie mit Strom zu tun haben. Und alle

Apparate und Geräte, die irgendwie mit Strom zu tun haben, hassen mich. Gehen dauernd kaputt, funken, stinken, verschmoren oder geben den Geist sonst irgendwie auf, weshalb Konrad, der bisher gottlob noch nicht in Erscheinung getretene Besitzer des musikalischen Sessels, mir ernsthaft und dringend geraten hat, mich von solchen Geräten und Apparaten fernzuhalten, bloß keine neuen Glühbirnen in die Fassung zu schrauben, ich hätte wohl den bösen Blick, das spürten die gleich und platzten, ich möge lieber im Dunkeln sitzen und warten, bis er komme und es wieder Licht werde. Weshalb ich, nach Ausmalung aller denkbaren Schrecklichkeiten, die passieren konnten, die Heizdecke Heizdecke sein ließ und wieder ins inzwischen noch mehr erkaltete Bett kroch.

Ich hatte eisige Träume, aus denen ich fröstelnd erwachte, mußte zweimal aufs Klo, weil Blase und Nieren auch froren, was übel ausgehen kann. Ich machte mir in der Küche einen sehr heißen, von innen wärmenden Ingwertee, an dem ich mir den Mund verbrannte. Betrachtete Schlumpel, die zusammengerollt in ihrem Körbchen schlief und ausgesprochen molligwarm aussah.

Vielleicht merkt sie's nicht, dachte ich, trug sie vorsichtig in mein Bett, legte sie aufs Fußende und kroch hinein.

Die Eiszapfen fingen an zu tauen, von meinen Füßen aus zog eine schöne gleichmäßige Wärme durch den ganzen Körper, auch meine Ohren wurden warm, meine Träume, ein warmes, tiefes, wunderbares Geräusch, das Geräusch einer schnurrenden Katze, untermalte sie musikalisch.

Konrad

Da stehen ja zwei Schüsselchen.« Schlumpel starrte vom Lautsprecher, auf dem sie es sich gemütlich gemacht hatte, herunter auf den Tisch. Der Lautsprecher ist nämlich so hoch, daß sie von dort oben alles sehen kann, und eine Katze muß immer den Überblick haben.

»Eins für mich, eins für Konrad.«

Meine Katze legte die Ohren flach an. »Ist das der mit dem Tabu-Sessel?«

»Derselbe.«

Schlumpel machte ein ausgesprochenes Anti-Konrad-Gesicht. Auch ihr Schwanz schien was gegen ihn zu haben. »Ich mag keine Konrads.«

»Es kommt ja nur einer.«

»Ich mag auch einen Konrad nicht.«

»Aber das weißt du doch noch gar nicht. Konrad ist sehr, sehr –«

Schlumpels Schwanz war in wildem Aufruhr.

»Sehr lieb ist er.«

»Der verstellt sich bloß.«

»Nein, der ist von Natur aus lieb.«

»Woher weißt du das?«

»Das weiß ich, weil ich eines Tags mit dem Auto auf seine Stoßstange gefahren bin und er sich dafür bei mir entschuldigt hat.«

»Blöder Name!«

»Das ist kein blöder, sondern ein sehr schöner, traditionsreicher Name, der schon in der Weltliteratur vorkommt, und zwar im ›Struwwelpeter‹: *Konrad, sprach die Frau Mama, ich geh fort und du bleibst da.*«

»Bleibt der lang da?«

Ich zeigte auf unsere beiden Schüsselchen. »Erst mal zum Essen.«

»Wir haben noch Kaninchenhäppchen.«

»Konrad mag lieber Pfannkuchen, gefüllt mit geschmorten Pilzen.«

»Und dann haut er wieder ab.«

»Tut er nicht. Er bleibt.«

»Warum?«

»Dann spielen wir vielleicht Schach.«

»Und dann haut er wieder ab.«

»Tut er nicht. Er bleibt.«

»Warum?«

»Dann hören wir vielleicht ein bißchen Musik.«

»Wo?«

»Konrad in seinem musikalischen Sessel, ich in meinem Schaukelstuhl.«

»Und dann haut er wieder ab.«

»Tut er nicht. Er bleibt.«

»Warum?«

»Dann essen wir vielleicht noch ein paar Mohrenküsse«, sagte ich. »Und jetzt reicht's.«

»Die Mohrenküsse? Wie viele frißt er denn?«

»Die Ausfragerei reicht mir.«

»Ich frag ja nicht. Aber man will doch wissen, was so ein Konrad in unserem Haus treibt.« Sie legte beleidigt den Kopf auf die Pfoten.

»Ich bin sicher, du wirst ihm gefallen.«

Schlumpels Ohren zuckten, kein Zeichen für besondere Freude. »Man mag nicht jedem Dahergelaufenen gefallen. Das wär ja noch schöner.«

»Könntest du vielleicht – aber nur, wenn's dir nichts ausmacht – von dort oben herunterkommen? Schau, da hab ich dir ein bequemes Kissen auf die Kaminbank gelegt.«

»Ich sitz gut«, sagte Schlumpel.

»Aber auf einem von Konrads Lautsprechern. Die hat er, wie auch den Sessel, in dem du dich so gern herumfläzest, für teures Geld gekauft und hier aufgestellt.«

»Warum gerade hier, bei mir?«

»Konrad wohnt in Miete. Ich hab ein Haus. Hier kann er seine Musik richtig laut hören, ohne daß jemand mit dem Besenstiel an die Decke klopft.«

»In meinem Sessel!« Schlumpel klopfte auch, aber mit dem Schwanz auf den Lautsprecher.

Dann klingelte es. Und dann stand Konrad im Zimmer und sah auf Schlumpel herunter, er reicht nämlich viel höher hinauf als der Lautsprecher, und wirkte kein bißchen angenehm überrascht. »Was ist das?«

»Schlumpel.«

»Was soll das?«

»Nicht das. Die. Wie der Name schon sagt.«

»Die hat mir gerade noch gefehlt.«

»Nicht dir«, sagte ich. »Mir. Jetzt ist sie da.«

»Ich seh's«, sagte Konrad. »Auf meinem Lautsprecher. Bleibt die länger?«

»Warum?«

»Ich frag ja bloß. Wann haut sie wieder ab?«

»Die bleibt.«

»Warum?«

»Zum Streicheln«, sagte ich. »Zum Schnurren –«

»Dafür hast du mich«, sagte Konrad.

»Schnurr mal!«

Er versuchte es. Schlumpel fuhr zusammen und brachte sich mit einem Satz auf dem zwei Meter entfernten anderen Lautsprecher in Sicherheit.

»Der geborene Schnurrer bist du nicht«, sagte ich.

»Ist sie stubenrein?«

»Jetzt hast du sie beleidigt.«

»Warum?«

»Als wir uns kennenlernten, hab ich dich da gefragt, ob du stubenrein bist?«

Konrad guckte zerknirscht und entschuldigte sich sofort bei Schlumpel, soviel Anstand hat er immerhin. »Komm her!« sagte er. »Gib mir deine Pfote!« Er hielt ihr die seine hin.

Schlumpel fuhr zurück und akzeptierte weder Konrads Entschuldigung noch Konrads Pfote.

»Wird's bald?« Er hob die Stimme.

»Der soll nicht so rumbrüllen«, sagte Schlumpel. »Hier bin ich der Löwe!« Und drehte ihm den Hintern zu.

»Was hat sie gesagt?« fragte Konrad mißtrauisch.

»Sie freut sich ungemein, dich endlich kennenzulernen.«

»So guckt sie aber gar nicht.«

»Wie guckt sie denn?«

»Unverschämt.«

»Du siehst sie doch von hinten.«

»Die guckt von vorne und von hinten unverschämt. Respektlos. Anarchistisch guckt die. Sogar mit dem Schwanz.«

»Mit gutem Grund. Zu einer Katze kann man so was nicht sagen. ›Komm her! Gib mir die Pfote!‹ Eine Katz ist kein Hund.«

Dann waren gottlob die Pilze fertig und rochen nach mit in Speck gebratenen Pilzen, was sie auch waren. Ich strich sie auf Pfannkuchen, rollte diese und legte sie schön auf die Platte, deren Rand Nudeln in verschiedenen Formen zierten.

»Wieso Nudeln?« fragte Konrad. »Wo wir heute doch Pilze –«

»Die Pilze schmecken auf der Nudelplatte einfach besser. Und die Nudeln auf der Pilzplatte. Das weiß ich aus Erfahrung.«

»Warum?«

»Frag die Pilze. Und die Nudeln.«

»Lieber nicht. Unerklärt schmecken Nudeln und Pilze viel besser, wie so manches andere auch.« Und er haute rein.

Schlumpel saß die ganze Zeit mit eingeknickten Pfoten auf dem Lautsprecher und fixierte Konrad unwohlwollend.

»Vielfraß!« sagte sie leise, aber unüberhörbar.

»Was hat sie gesagt?« Konrad versteht sie nicht, während Schlumpel jedes seiner Worte mitkriegt.

»Sie freut sich, daß es dir schmeckt.«

»Bauchweh soll er kriegen«, hörte ich meine Katze in beschwörendem Ton vor sich hin sagen, »er soll Bauchweh kriegen. Bauchweh – Bauchweh – Bauchweh –«

»Mein Magen drückt ein bißchen«, erklärte Konrad, »hab zuviel gegessen.«

Ich kochte Fencheltee, der hilft in diesem Fall immer. Dann spielten wir Schach. Dann hörten wir ein bißchen Musik. Dann gab's Mohrenküsse.

Schlumpel zog es vor, draußen zu essen und in Nachbars Heustadel zu übernachten. Ich stellte ihr einen Teller mit *Häppchen an feiner Soße* vor die Tür. Dieser Tag schien nicht ihr allerschönster Lebenstag gewesen zu sein.

Von der Unanständigkeit

»Heut wird bestimmt mein allerschönster Lebenstag«, sagte Schlumpel.

Ich schrieb mit Heinis Unterstützung vor mich hin. Schlumpel lag im Körbchen, das neben meinem Schreibtisch steht, so kann ich immer, wenn einem von uns danach ist, mit der Hand hinunterlangen und ihre Ohren streicheln.

»Er soll raus. Mach 's Fenster auf!«

»Wer soll raus?«

»Konrad.«

»Aber Konrad ist doch vor einer halben Stunde weggefahren.«

»Ich mein den Konradmuff.«

»Konrad«, sagte ich empört, »muffelt nicht. Er ist auch kein Teufel, der nach Schwefel riecht. Konrad benutzt ein sehr dezent duftendes Rasierwasser, das ich ihm geschenkt hab.«

»Seppi riecht besser. Kein bißchen dezent riecht der.« Schlumpel sprang auf den Tisch und hockte sich demonstrativ vor den Bildschirm.

»Geh mal weg da! Ich seh ja nix.«

»Doch«, sagte Schlumpel. »Mich.« Sie rieb den Kopf an meiner Hand.

»Aber –«

»Du guckst ja nicht. Du guckst Heini an.«

»Ich muß nämlich – sei so lieb und verzieh dich.«

Sie verzog sich kein bißchen, sie schnüffelte an meinem Haar.

»Riecht muffig. Fast wie –«

»Kein Wort mehr über Konrad. So werd ich nie fertig. Das Muffige kommt von der Essigspülung, die macht mein Haar schön glänzend.«

»Ich glänz immer«, sagte Schlumpel. »Ich brauch keinen Muffelessig. Was schreibt Heini? Eine Schlumpelgeschichte?«

»Nix da. Irgendwann ist alles über Katzen gesagt. Mit Katzengeschichten lockt man heut keinen Hund mehr hinterm Ofen hervor. Alle Leute, die eine Katze haben, kennen alle Katzengeschichten, die je geschrieben worden sind. Ich suche ein neues, bisher unbeackertes Feld. Vielleicht schreib ich mal über Wolken. Oder über Mistkäfer. Oder über Regenwürmer. Die sind auch sehr interessant.«

»Was schreibt Heini jetzt gerade?«

»Einen Brief an den Pfarrer, der dich – ich bedanke mich bei ihm für das einmalige Geschenk, das er mir gemacht hat.«

Schlumpel erspähte einen Bleistift und rollte ihn hin und her – und hin – und her –

Ich tippte auf eine Taste. »Gib Ruh!«

Schlumpel erspähte sodann den Bommel an der Schnur, die, wenn man dran zieht, die Schreibtischlampe an- und ausmacht. Und zog – an – und zog – aus – und an – und aus –

»Weißt du, was du bist? Eine Nervensäge! Ach, du meine Güte! Sie ist weg!«

Der Bommel löste sich von der Schnur und fiel in mein Glas mit Tee – Tee von Ehrenpreis beflügelt, laut Maria Treben, der berühmten Kräuterfrau, geistig arbeitende Menschen –, und der Ehrenpreistee spritzte auf das ständig paratliegende ›Handbuch für den Umgang mit Word 2000, leicht, klar, sofort‹, und zwar auf die Seite 48, *Wie man eine verlorengegangene Symbolleiste wiederfindet.* Die zweite Symbolleiste von oben hatte sich nämlich verflüchtigt. Wieder mal. Das tut sie andauernd. Ich halte sie für bösartig.

Schlumpel zeigte mit ihrer Pfote auf das eiförmige Ding, auf das ich gerade mit meiner Pfote tippen wollte. »Was ist das?«

»Das ist die Maus.«

Schlumpel tippte auf die Maus. »Piep mal!«

Die Maus dachte nicht dran zu piepen.

Schlumpel fetzte der Maus eine. Die piepte erst recht nicht.

»Die hat aber einen langen Schwanz.«

»Ohne den könnt ich nicht schreiben. Diese Maus ist eine Schreibmaus.«

»Die war aber neulich nicht da, als du mir den Heini gezeigt hast.«

»Bei deinem Anblick hat sie sich in ihrem Loch versteckt. Tät ich auch, als Maus.«

Schlumpel betrachtete die Schreibmaus verächtlich. »Piept nicht, zittert nicht, klappert nicht mit den Zähnen, haut nicht ab, verdirbt einem ja richtig den Spaß. Das ist keine anständige Maus.«

»Schreibmäuse«, sagte ich, »sind selten anständig. Was daher kommt, daß sie manchmal so unanständige Sachen schreiben müssen. So was färbt ab, weißt du.«

»Was ist unanständig?« fragte Schlumpel.

»Unanständig ist, wenn man was tut – oder sagt – oder denkt – oder schreibt – das sich nicht gehört.«

»Was gehört sich nicht?«

»Das Unanständige«, sagte ich. Was Besseres fiel mir nicht ein.

»Was ist unanständig?« fragte Schlumpel mit sanfter Beharrlichkeit.

»Alles, was man gern denken, sagen, tun oder schreiben würde, wenn man nicht wüßte, daß es unanständig ist und sich nicht gehört.«

»Ich als Katze«, sagte Schlumpel entschieden,

»tu immer, was ich tun will. Ist das unanständig?«

»Bei einer Katze nicht. Bei einem Menschen schon. Wenigstens manchmal.«

»Schreibst du auch was Unanständiges?« fragte Schlumpel interessiert. »An Konrad?«

»Ich denk nicht dran.«

»An das Unanständige?«

»An das schon, wenigstens ab und zu ein kleines bißchen. Aber ich denk nicht dran, was Unanständiges zu schreiben. Schon gar nicht an Konrad.«

»Warum nicht?«

»Weil mich, hätte ich das vor, jemand dran hindert. Eine Katze. Sie heißt Schlumpel und hockt seit einer Viertelstunde vor dem Bildschirm, was mir auf den Wecker geht. Und, weil ich mich genieren tät.«

»Ich genier mich nie«, sagte Schlumpel vergnügt. »Warum genierst du dich?«

»Ich bin ein Produkt meiner Erziehung. Und meiner Umwelt. Und meiner Gene, und meine Gene sind im wesentlichen anständig.«

»Kratz mich mal!« Schlumpel streckte mir den Kopf hin. »Oben auf dem Deckel! Was sind Gene?«

»Gene – also Gene sind winzigkleine Dinger –«

»Winzigmäuse?«

»Sozusagen. Und in diesen Winzigmäusen steckt alles von mir drin. Meine Freundlichkeit. Meine

Höflichkeit. Meine Eselsgeduld mit Katzen. Meine Angst vor dicken Spinnen mit schwarzen Haaren an den Beinen. Meine Phantasielosigkeit. Meine Vorliebe für Butterbrezeln und –«

»Und für Konrads«, sagte Schlumpel ungnädig.

»Nur für einen Konrad. Und für Katzenviecher. Du hast ja schon wieder Milben. Heut abend schmier ich dir was in die Ohren.«

Schlumpel tippte mit der Pfote leicht auf die Tastatur. »hsgvhreuwlvnjsdlerokgztrzsreuvbf«, erschien auf dem Bildschirm. Die verlorengegangene Symbolleiste ebenfalls.

»Ist das unanständig?« fragte sie hoffnungsvoll.

»Sehr«, sagte ich, »das les ich lieber nicht vor. Und jetzt laß mich in Ruh!«

Schlumpel legte sich neben den Monitor und ließ mich in Ruh. Da sie aber jede Bewegung der Maus mit den Augen verfolgte, fiel mir nichts mehr ein, was ich hätte schreiben können, weshalb ich Heini ausschaltete, der, bevor er den Geist aufgab, mir gerade noch eine freundliche Botschaft senden konnte: *Du hast mich ausgeschaltet,* sagte Heini erbittert, *ohne mich vorher ordnungsgemäß herunterzufahren. Vermutlich sind infolge dieses gravierenden Bedienungsfehlers, den du immer wieder machst, alle wichtigen bisher gespeicherten Daten endgültig und für alle Zeit verloren. Geschieht dir recht. Gut' Nacht!*

Die Schöpfung

Schlumpel sorgt, wie einst Stoffele, dafür, daß mein bisher eher beschränktes Weltbild sich enorm erweitert. Vor allem theologisch hat sie einiges Erfrischende zu bieten. Dabei liegt sie natürlich auf Konrads bequemem Sessel, auf dem er immer sitzt, wenn er Musik hören will, aber das kann er nur, wenn er da ist, und Konrad ist, zu Schlumpels Freude, nicht immer da. Außerdem hält sie den Sessel sowieso für ihren. Ich sitze meistens auf dem Sofa, das unten durchhängt.

»Die Katze«, sagte Schlumpel, »hat er zuerst gemacht.«

»Natürlich«, beeilte ich mich zu versichern. Ich dachte nicht daran, mich mit ihr auf eine Diskussion darüber einzulassen, wer zuerst da war. Im Diskutieren ist sie mir über, was daran liegt, daß ich ihren Argumenten wenig entgegenzusetzen weiß, haben sie doch, im Gegensatz zu den meinen, Schwanz und Pfoten.

»Die andern können warten, hat er gesagt. Zuerst mach ich was Wunderschönes, Gescheites,

Rundes und Weiches, und dann spiel ich mit ihm ein bißchen.«

»Aber zum Spielen hatte er doch genug Engel«, wandte ich ein. Wer's noch nicht gemerkt hat: die Rede ist von Ihm. Vom lieben Gott. Unserem Schöpfer. Von jenem höheren Wesen, das wir verehren, wie Heinrich Böll sagt. Oder auch nicht.

»Hast du schon mal mit einem Engel gespielt?« fragte Schlumpel abfällig.

»Hab ich nicht. Ich glaub nicht an Engel.«

»Die bescheißen dauernd. Und sie können nicht verlieren.«

»Woher weißt du das?«

»Ich hab's gesehen. Vom Fensterbrett aus. Meine Milchfrau hat manchmal mit dem Pfarrer und so einem Engel gespielt. Der Engel war aus Gold und ziemlich dick, besonders unten hinten, der ist immer wieder aus der Kirche abgehauen, weil's dort stinklangweilig ist. Hat er gesagt, der Engel.«

»Soso. Was haben sie gespielt?«

»Malefiz. Und wenn der Pfarrer ihn rausgeschmissen hat, hat er eine Wut gekriegt und den Würfel verschluckt, und der Pfarrer hat einen neuen kaufen müssen und gesagt: dieser Engel hat einen fiesen Rakakter.«

»Das spricht nicht für die Engel«, sagte ich empört. »Geschieht ihnen recht, daß ich nicht mehr fromm bin. Erzähl weiter von der Schöpfung!«

»Er hat also die Katze gemacht, aus Wolken, weil die schön weich waren, und dann hat er sie beschnauft. Als sie lebendig war, ist sie auf seinen Schoß gesprungen und hat geschnurrt und mit den Pfoten seinen Bart gekämmt, und das hat dem lieben Gott sehr gefallen. Hab ich dich nicht toll hingekriegt, hat er gesagt und sich selber schulterbeklopft. Nur weiter so, lieber Gott!«

»Wer hat das gesagt? Die Katze?«

»Er. Weil er so begeistert von sich war und von der Katze. Und dann hat er weitergeschöpft, weil er gerade so gut drauf war. Aber nicht aus Wolken, sondern aus Lehm, davon haben die Engel ganze Eimer voll angeschleppt. Ich helf dir, hat die Katze gesagt und hat mitgeschöpft, und ohne sie wär alles nicht so gut geworden, das hat der liebe Gott gleich gemerkt. Mit ihren Krallen hat sie dem Bär das Fell auf den Buckel gekratzt, und dem Pferd seine schöne lange Mähne und den Schwanz, und dem Elefant seine langen Haare –«

»Der hat doch gar keine«, wandte ich ein, »der ist ein Glatt- und Dickhäuter.«

»Ich mein doch den Elefant, als der noch ein Mammut gewesen ist. Der liebe Gott hatte nämlich keine so scharfen und langen Krallen. Und die Katze hat ihm auch sonst sehr gute Ratschläge gegeben, auf die er selber nie gekommen wär.«

»Zum Beispiel?«

»Er hat der Gans einen ganz kurzen Hals gemacht. Blöd, was? Und dem Walfisch einen ganz langen dünnen. Da geht nix durch, lieber Gott, hat die Katze gesagt, da bleibt ja alles drin stecken, dann muß er wurgsen, wir geben dem Wal gar keinen Hals, und den langen kriegt der Schwan. Dann waren alle Tiere da und lebendig, und sie sind herumgewuselt, und der liebe Gott hat gesagt, o Gott, jetzt kommt das Schwierigste, jetzt müssen sie einen Namen kriegen, denn wer einen Namen hat, der wird nicht geschlachtet.«

»Halt!« warf ich ein. »Das hat nicht der liebe Gott gesagt, sondern die liebe Frau Zuckmayer.«

»Sei nicht so pingelig!« Und Schlumpel fuhr fort: »Keine Angst, lieber Gott, sagte die Katze, ich laß dich nicht hängen, ich kenn einen ganzen Haufen großartiger Namen, die warten nur drauf, daß sie ein Tier kriegen. Ohne Tier kommen sie sich so nackig vor, da fehlt ihnen richtig was.«

»So könnte es gewesen sein«, stimmte ich zu. *»Im Anfang war das Wort.«*

»Woher weißt du das? Warst du auch dabei?« fragte Schlumpel mißtrauisch.

»Natürlich nicht. Ich weiß es vom Evangelisten Johannes.«

»War der dabei?«

»Auch nicht. Aber er hat es sich gedacht.«

»Wahrscheinlich hat er's von der Katz«, mutmaßte Schlumpel. »Und dann deutete der liebe Gott mit dem Finger auf irgendein Tier und sagte, jetzt dreh dich mal schön, damit wir dich besser sehen können, und er beguckte es ganz genau, wiegte den Kopf ein paarmal hin und her, dann sagte er einen Namen, und die Katze nickte und sagte: paßt. Aber manchmal schüttelte sie auch den Kopf und sagte: paßt nicht so gut, es sieht mehr aus wie ein Warzenbeißer. Oder eine Sumpfdeckelschnecke. Oder wie ein Mauswiesel. Find ich, als Katze. Hast recht, sagte der liebe Gott, und das Tier mußte seinen Namen ein paarmal wiederholen, dann wußte es ihn, der liebe Gott gab ihm einen Klaps und sagte: Der Nächste bitte!«

»Sumpfdeckelschnecke!« Ich lachte. »Warzenbeißer! Du nimmst mich auf den Arm. Diese Tiere klingen zwar hübsch, aber mir ist noch keins von ihnen über den Weg gelaufen.«

»Oberweschnegg«, sagte Schlumpel, »ist ja auch der Arsch der Welt. Elefant ist ein ganz einfacher Name, oder Affe, oder Zebra. Wo jeder draufkommt, auch der liebe Gott. Aber auf Zwitscherschnecke kommt nur ein Katzenkopf mit einer Menge Phantasie drin. Es gibt noch viel mehr Namen, die die Katze gefunden hat.«

»Erzähl mal!« sagte ich erwartungsvoll.

»Also«, sagte Schlumpel, »da gibt's den Zehenspitzenläufer. Oder den Zackenschwärmer. Oder die Schnirkelschnecke. Den Pfefferfresser. Den Mondhornkäfer. Die Pferdebohnenblattlaus. Das Mauswiesel. Die Mistbiene. Die Kürbisspinne. Den Hopfenwurzelbohrer. Die Himmelsziege. Die Kamelhalsfliege. Die Gelbbauchunke. Den Flohkäfer. Die Feuergoldwespe. Das Spitzmaulnashorn. Das Dreifingerfaultier. Die Ameisenwanze –«

»Reicht«, sagte ich. »Die Lust zum Fabulieren hast du jedenfalls von deinem Großvater geerbt. Und dann? Was hat der liebe Gott gemacht, als alle ihren Namen hatten?«

»Einen Kater«, sagte Schlumpel. »Damit die Katz nicht allein ist. Und als der Kater fertig war und aufgewacht ist, hat der liebe Gott gesagt, hör zu, mein Lieber, halt dich immer schön an das, was deine Katze sagt, sie hat viel mehr Grips im Kopf als du. Und die Katze hat dem Kater eine Maus gebracht, und er hat sie gefressen und nicht mal danke gesagt, dann hat er gegähnt, aber ohne Pfote vor der Schnauze, und ist wieder eingeschlafen, und der liebe Gott hat sich hinter seinem Gottesohr gekratzt und zur Katze gesagt, nicht so toll, was? Vielleicht wird er noch, hat die Katze gesagt.«

»Du hast etwas nicht Unwichtiges vergessen«, erinnerte ich sie. »Den Menschen. Wann kommt der?«

»Gleich. Ich hab noch ein bißchen Lehm übrig, sagte der liebe Gott, ich mach noch was. Mal gukken, was dabei rauskommt. Dann hat er den Menschen gemacht. Weil ihm nix Besseres eingefallen ist. Er war ja auch schon ziemlich müd.«

»Aus Lehm.« Soviel wußte ich immerhin noch.

»Nur den Adam«, sagte Schlumpel. »Die Eva hat er aus was Besserem gemacht. Aus einem Stück Katzenschwanz.«

»Sag bloß! Und ich hab immer gedacht, aus Adams Rippe.«

»Wollt er ja. Aber als er mal wegguckte, hat die Katz die Rippe gemaust. Der liebe Gott hat gesehen, wie sie sich die Schnauze geschleckt hat, und hat gesagt, wenn das so weitergeht, hat der bald keine Rippen mehr. Und da hat die Katze ihm ein Stück von ihrem Schwanz gegeben. Für die Eva.«

»Klingt überzeugender als das, was in der Bibel steht«, sagte ich. »Ob das dein mohrenkopfversessener Pfarrer auch weiß?«

Schlumpel schmiegte den Kopf in meine Hand, es folgte eine ausführliche Schmuserei. »Jetzt muß ich aber raus, ich kenn da eine Maus, die wartet bestimmt schon auf mich.« Sie sprang aufs Fensterbrett und von dort in den Garten.

Ich setzte mich in den musikalischen Sessel. »Zwitscherschnecke«, murmelte ich. »Das gibt's doch nicht!« Griff zum großen ›Lexikon der Tiere‹ und schlug das Inhaltsverzeichnis auf. Und da sprangen, hüpften, flatterten und krochen sie mir entgegen: die von Schlumpel erwähnten Zehenspitzenläufer, Zackenschwärmer, Mondhornkäfer, Himmelsziegen sowie der ulkige Hopfenwurzelbohrer, dazu noch ganz andere: der Grünschenkel, der Furchenschwimmer, der Eselspinguin, die Goldaugenbremse, der Halbaff, der Hüpferling, der Juwelenrüsselkäfer, die Mooskuh, das Meerohr, der Maiwurm, das Kleewidderchen, die Halbziege, die Heerwurmtrauermücke, der Heilige Ibis, der Klopfkäfer, die Giraffengazelle, die Kommaschildlaus, der Schienensammler, der Rollaffe, die Schnarrheuschrecke, die Igelfliege –

»Reicht!« sagte ich zu mir selber, und zu den Tieren: »Das hätt ich nie von euch gedacht, daß es euch alle gibt«, und zum Verfasser der Schöpfungsgeschichte im Alten Testament, die im obersten Regal steht: »Wer hat nun geschwindelt? Du oder meine Katze? Muß nun die ganze Bibel umgeschrieben werden? Kennst du vielleicht einen Heiligen Ibis? Oder den Hüpferling?«

Herr Moses hüllte sich in Schweigen.

Aber daß die Eva aus einem Katzenschwanz entstanden war, nein, das nahm ich Schlumpel nun doch nicht ab.

Früher dachte ich, das Leben bestehe aus Zufällen. Aber heute seh ich das anders. Geheimnisvolle Mächte schicken einem immer die Information, die man gerade braucht für sein inneres Wachstum. Nach dem Abendessen las ich noch ein bißchen in dem hochinteressanten Katzenlexikon von Gisela Bulla und machte eine Entdeckung, so unglaublich – wenn ich das laut sage, zeigt mir jeder den Vogel, weshalb ich es nur ganz leise aufschreibe. Eva, stand da zu lesen, wurde nach alten Überlieferungen aus Belgien, Portugal und Ungarn nicht aus Adams Rippe, sondern aus dem Schwanz einer Katze gebildet. Die ursprünglich vorgesehene Rippe Adams hatte die Katze nämlich gestohlen. Und deshalb mußte nun ihr Schwanz für die Eva herhalten.

Ich schlug das Buch zu. Sollte Schlumpel auch hier recht haben? So wären sie also aus einem Fleisch und Bein, Katze und Frau? Und hat die Kirche bewußt verschwiegen, was ihr nicht in den Kram gepaßt hat, und über Jahrhunderte hinweg beide, Frau und Katze, als Verkörperung des Bösen betrachtet? Nur, weil die Katze, ganz ohne Respekt vor dem männlichen Geschlecht, diese Adamsrippe verputzt hatte? Mir scheint, da liegt noch vieles im dunkeln.

Die Wahrheit über das Paradies

»Was ist das?« fragte Schlumpel.

»Das ist das Paradies.«

»Zeig mal!«

Das Paradies hing über meinem Bett. Ich nahm sie auf den Arm und zeigte es ihr. »Dieses Paradies«, sagte ich, »hat mir meine Schwester Ulrike, eine unerreichte, aber im Verborgenen blühende Meisterin der Kreuzstickerei, mal geschenkt. Sie hat es auch geschmackvoll und schlicht gerahmt. In ihrem Haus stolpert man geradezu über solche Meisterwerke.«

»War sie mal drin, im Paradies?«

»War sie nicht. Vielleicht kommt sie mal rein, später. Oder auch nicht.«

»Warum vielleicht nicht?«

»Als wir klein waren, hat sie immer die Hälfte von meinem Nußeckle verlangt, und sie hat meinem Bär das rechte Ohr abgebissen.«

Schlumpel betrachtete das Paradies mit Anteilnahme.

»Wo sind denn die vielen Tiere, die die Katze und der liebe Gott gemacht haben?«

»Ich vermute, sie schlafen hinter irgendeinem Busch.«

»In der Mitte ist ein Baum«, stellte sie fest.

»Das ist der sattsam berüchtigte Apfelbaum.«

»Neben dem Baum zwei Leute. Nackig.«

»Nackelig, wie dein lieber Großvater zu sagen pflegte. Das sind Adam und Eva. Die kennst du ja.«

»Sie hat was in der Hand.«

»Den verbotenen Apfel.«

»Um den Baum rum ist ein Kringel.«

»Das ist die böse Schlange. Sie ist auch der Teufel.«

»Was macht der Schlangenteufel, die Teufelsschlange?«

»Sie hat Eva ins Ohr geflüstert, sie solle sich einen Apfel vom Baum holen und hineinbeißen und Adam auch mal beißen lassen.«

»Wegen der Vitamine.« Schlumpel nickte.

»Wie bitte?«

»Sagst du doch immer, wenn du einen Apfel –«

»Nix Vitamine. Wenn ihr den Apfel eßt, sagte die Schlange, seid ihr wie der liebe Gott.«

»Da ist noch wer.« Schlumpel deutete mit der Pfote auf etwas kleines Schwarzes neben der Eva.

»Eine Katze.«

»Was macht die da?«

»In der Bibel steht sie ja nicht, die Katze. Aber seit deiner Erzählung der Schöpfungsgeschichte weiß ich, daß sie maßgeblich an der Schöpfung beteiligt war. Meine Schwester Ulrike muß das geahnt haben, denn sie kann sich das Paradies ohne Katze nicht vorstellen. Drum hat sie sie hineingestickt. Sie stickt übrigens überall eine Katze dazu, ob es paßt oder nicht.«

»Eine Katze«, sagte Schlumpel, »paßt immer. Der Adam hat einen Vogel, der sitzt neben ihm auf einer Blume. Die Eva hat einen Schmetterling. Oben sind die Sonne, der Mond und die Sterne.«

»Im Paradies«, sagte ich, »gibt's alles Schöne gleichzeitig. Weil die Zeit noch nicht da ist.«

»Wie geht's weiter, haben sie den Apfel –?«

»Sie haben.«

»Den Butzen auch?«

»Über den Butzen schweigt sich die Bibel aus. Eigentlich unverständlich. Und dann haben sie was gemerkt.«

»Daß der Wurm drin ist?«

»Sozusagen. Und, daß sie nichts anhaben. Daß sie nackelig waren. Und sie haben sich schnell was angezogen.«

»Ein Fell?«

»Kein Fell. Ein Feigenblatt. Und dann haben sie sich versteckt vor dem lieben Gott. Aber der –«

»Hat sie verhauen?«

»Er hat sie hinausgeschmissen aus dem Paradies. Und gesagt, jetzt müßten sie schaffen und schwitzen, und die gebratenen Hähnchen würden ihnen nicht mehr ins Maul fliegen. Dann hat er die Tür hinter ihnen zugeknallt und einen großen Engel mit einem Flammenschwert davorgestellt, damit sie nicht mehr hineinkonnten.«

»Und die Katz?« fragte Schlumpel.

»Die ist dringeblieben. Drum gehören das Paradies und eine Katze für viele Leute zusammen.«

»Das muß ich jemand erzählen«, sagte Schlumpel und sprang von meinem Arm.

»Wieder dem Seppi?«

»Jemand, der viel gescheiter ist. Einer Katze.«

»So war's nicht«, sagte Schlumpel und schüttelte heftig den Kopf.

»Was war nicht so?« fragte ich, nahm ein Bettuch von der Leine und legte es in den Korb.

»Im Paradies. Ganz anders war's. Ihr habt keine Ahnung, was damals gelaufen ist.«

»Wer sagt das?«

»Die Katz von nebenan. Und die hat's von ihrer Oma. Und die von ihrer Oma. Und die auch von ihrer –«

»Und?« fragte ich. »Wie war's denn? Was erzählen die Katzen-Omas?«

»Das mit dem Apfel stimmt kein bißchen. Da ist wer über das Tuch gelaufen. Ich war's aber nicht. Bestimmt war's Seppi.«

»Der war's auch nicht«, sagte ich. »Die Katzentappen sind auf das Bettuch gedruckt. Und auf dem Kopfkissen steht ›miau‹, das fördert sehr einen guten Schlaf. Wie war's dann, wenn das mit dem Apfel nicht stimmt?«

»Das ganze Paradies war gelocht.«

»Wie bitte?« fragte ich.

»Voller Mauselöcher. Und in jedem hockte eine Maus, ganz groß und dick. Die sind alle für euch, sagte der liebe Gott zu der wunderschönen Katze und dem nicht ganz so wunderschönen Kater, die er gemacht hatte, alles für die Katz. Nur *eine* Maus, die in dem Loch hier, wo der Schwanz rausguckt, die dürft ihr nicht fressen. Die ist nicht für die Katz. Das ist meine persönliche Gottesmaus. Die hatte er nämlich für sich selber aufgehoben. Als besonderen Leckerbissen. Und die beiden Paradieskatzen rannten fröhlich herum, oder sie hockten vor den Mauselöchern –«

»Oder im Korb auf meiner frisch gewaschenen Bettwäsche. Runter mit dir!«

»– und sie warteten, und immer wieder kam eine Maus raus und ließ sich freudig fressen. Sie schmeckten saumäßig gut, die Paradiesmäuse. Aber dann kam der Teufel angeschlichen, der sich als Schlange verkleidet hatte, und wickelte sich um den Baum. Und er flüsterte dem Kater was ins Ohr. Weil er genau wußte, den kriegt er leichter rum. Kater, sagte er, keine Maus im Paradies schmeckt so mausig wie die verbotene Maus. Besonders die Galle. Wenn ihr die freßt, seid ihr wie Er. Wie wer? fragte der Kater. Na, wie Er halt, ich komm nicht auf den Namen. Meinst du den lieben Gott? fragte der Kater, der ein bißchen blöd war, und ihm lief das Wasser im Maul zusammen, und er fing die Maus und fraß sie bis auf den Schwanz, sogar die Galle hat er gefressen, die war damals im Paradies nämlich noch nicht bitter, sondern das Beste an der ganzen Maus.«

»Und die Katze?« fragte ich.

»Die hat er auch mal dran riechen lassen.« Sie beschnüffelte ein Kissen. »Riecht fein.«

»Weil ich immer ein bißchen Lavendelwasser auf die Maus – nein, auf die Wäsche spritze.«

»Aber gefressen hat er sie allein. Wie Kater nun mal sind. Dann hat der liebe Gott gemerkt, daß die verbotene Maus, seine Gottesmaus, weg war. Gefressen. Er hat sich schon gedacht, von wem. Und er hat eine große himmlische Wut gekriegt und geblitzt und herumgedonnert, und er hat die zwei Katzen rausgeschmissen aus dem Paradies und einen ziemlich unfreundlichen Engel vor die Tür gestellt, mit einem langen Messer, damit ja niemand mehr reinkommt.« Sie versetzte einer Wäscheklammer einen Hieb, was die Klammer so erschreckte, daß sie auseinanderfiel. »Der Engel sieht ein bißchen aus wie Konrad. Und seither müssen die armen Katzen rumrennen und gucken, woher sie was zum Futtern kriegen, weil dieser blöde Kater damals im Paradies – und die Galle, die mal das Beste an so einer Maus war, die ist heute ganz bitter, drum pult man sie raus und läßt sie liegen, aber immer, wenn man eine Maus frißt, muß man an die tolle Galle von so einer Paradiesmaus denken, und dann muß man seufzen, und zwar tief. So!« Schlumpel seufzte geradezu herzerweichend, was mir so nahe ging, daß ich mitseufzte und auch an die tolle Galle dachte, diesen paradiesischen Leckerbissen, in dessen Genuß meine Katze und alle anderen Katzen auf dieser Welt nie kommen würden, nur wegen dieses blöden Katers.

»Und drum«, erzählte Schlumpel weiter, »sind die Kater schlecht im Mausfangen. Weil sie damals die verbotene Gottesmaus gefressen haben. Und sie können froh sein, wenn eine Katze ihnen mal eine bringt oder ihnen was abgibt. So war's im Paradies. Das erzähl ich jetzt dem Pimsel von nebendran, damit er's auch weiß und sich nicht so viel auf sich einbildet und auf seine Katerkeit.«

»Augenblick noch«, rief ich. »Wie war das nun mit den Menschen? Mit Adam und Eva?«

»Die hat er nur erschaffen, damit jemand den Katzen die Büchsen aufmachen kann, und die Türen auf und zu.« Sie zog eifrig an dem den Boden streifenden Ärmel von Konrads Freizeithemd; der gab nach und riß halb durch.

Mir war's recht, ich mag Hemden nicht, auf denen kleine grüne Krokodile einen anblecken. »Und sonst sind wir zu nichts gut?« fragte ich enttäuscht.

»Doch«, sagte Schlumpel, »zum Streicheln.« Sie rieb den Kopf an meinem Bein, setzte elegant über den Wäschekorb hinweg und verzog sich in Richtung Pimsel, das ist der gutaussehende mausgraue Kater vom oberen Nachbarn.

Als ich im frisch überzogenen Bett lag, betrachtete ich lange das kreuzgestickte Paradies. Die kleine schwarze Katze machte einen vergnügten Schwanzkringel und schnurrte, ich konnte es ganz deutlich hören. Und so wird es für mich immer sein. Ein Paradies ohne Katze – nein, danke! Da ich aber nicht weiß, ob ich mal hineinkommen werde, habe ich vorgesorgt und mir diese wunderschöne Katzenbettwäsche geschenkt. In der schläft man auch paradiesisch.

Mann im Klo!

Konrad stand in der Tür und wirkte bedrohlich. »Das geht nicht!« sagte er, jedes Wort betonend.

»Was geht nicht?« Ich stellte die Getreidemühle an.

»Deine Katze! Unmöglich!« brüllte Konrad.

»Was ist unmöglich?«

»Diese Schlumpel. Und dieser Krach.«

»Wenn ich das Korn mahlen will«, brüllte ich zurück, »geht's nun mal nicht ohne Getreidemühle. Und die mahlt nicht ohne Krach, so ist die halt. Die leisere hätte 200 Euro mehr gekostet. Und Schlumpel ist nicht unmöglich. Schlumpel ist lieb, lustig, gescheit, verschmust –«

»Sie hat überhaupt keinen Anstand.«

»Wofür braucht eine Katze Anstand?«

»Weißt du, was sie macht?«

»Hat sie dich gekratzt?«

»Nein.«

»Gebissen?«

»Schlimmer.«

»Dich überhört, als du sie gerufen hast?«

»Noch schlimmer. Sag ihr, sie soll den Mund halten.«

»Schlumpel?«

»Diese Getreidemühle.«

»Schon fertig.« Ich stellte die Mühle ab, gab den Schrot in die Rührmaschine, wo die in Wasser aufgelöste Hefe schon gierig darauf wartete, mit dem Schrot vermischt zu werden, und zwar innig, gab genau 450 ml Wasser dazu, handwarm, und stellte die Maschine an, Stufe drei. Sie legte begeistert los, sie rührt nun mal für ihr Leben gern.

»Dieses Haus«, schrie Konrad, »ist das geräuschvollste Haus, das ich kenne. Immer macht irgendwer oder irgendwas Krach.«

»Gestern hat jemand die Fünfte von Bruckner so infernalisch laut durchs Haus stürmen lassen, daß ich in die Badewanne geflüchtet bin«, sagte ich. »Sogar dort waren die Wellen noch haushoch.« Ich gab einen Eßlöffel Salz in die Maschine, die eifrig rührte. Meersalz natürlich, ich mag kein jodiertes Speisesalz, ich hab ja keinen Kropf.

»Früher«, brüllte Konrad, »in der guten, alten, ruhigen Zeit, hat man den Brotteig noch mit der Hand gemacht.«

»Geknetet«, sagte ich, »klingt besser. Oder geschlagen. Oder auch gewalkt. Wie du willst.«

»Von mir aus. Während man sich heute mit

bösartig lärmenden, einem ständig das Wort entreißenden angeblichen Haushaltshilfen umgibt. Schöne neue Welt!« Er schnaubte verächtlich.

»Was war nun mit Schlumpel?« Ich nahm den Teig aus der Schüssel und knetete ihn mit der Hand noch mal kurz durch, das mögen Teige, dann gehen sie nachher besser. »Was hat sie denn so Schreckliches angestellt?«

»Sie hat«, sagte Konrad dumpf, »also sie ist –«

»Nun red schon.« Ich gab noch einen großen Löffel Sonnenblumenkerne (Vitamin E) und Sesamsamen (enthält reichlich Kalzium) zum Teig, den Sesam natürlich ungeschält, weil ich es recht mühsam finde, die winzigen Samenkörnchen auszupulen.

»Ich bring's fast nicht raus«, gestand Konrad. »Gib auch noch Leinsamen hinein. Der schmeckt so nussig.«

Ich tat einen gehäuften Eßlöffel Leinsamen hinein (mehrfach ungesättigte Fettsäuren) und knetete weiter. »Also?«

»Ich war im Klo«, sagte Konrad. Es klang wie: Das Spiel ist aus.

»So was kommt vor«, sagte ich. »Ich war heute auch schon mal.«

»Auf dem Klo hab ich –«

»Ich kann's mir fast denken.«

»Nein, das kannst du dir nicht denken. Koriander fehlt noch. Wo du doch genau weißt«, sagte er anklagend, »wie gern ich Korianderbrot mag.«

Ich gab einen Löffel Koriander zum Teig und knetete weiter.

»Und Fenchel«, verlangte er.

»Nix Fenchel«, sagte ich. »Anis.«

»Anistee«, sagte Konrad finster, »hat mir meine Mutter immer gemacht, wenn ich Blähungen –«

»In mein Brot kommt Anis. Wenn ich gerade welchen hab. Hab ich aber nicht. Drum nehm ich Kreuzkümmel, den hab ich.«

»Der ist ja schwarz.« Konrad machte ein Ekelgesicht. »Sieht aus wie winzige Käfer. Bist du sicher, daß in dieser Büchse keine Käfer –?«

»Ganz sicher. Schwarzkümmel ist ein köstliches Gewürz. Kenner schätzen es ungemein. Es wird besonders in der afrikanischen und asiatischen Küche gern verwendet.«

»Die essen ja auch Ratten und Hunde. Schmeckt sicher scheußlich mit Kreuzkümmel. Den läßt du weg.«

Ich gab zwei Teelöffel Kreuzkümmel zum Teig. »Weiter! Du hockst immer noch auf dem Klo.«

»Ich hocke nicht. Ich stehe.«

»Verstehe. Und?«

»Deine Katze«, sagte Konrad, »ist ein Voyeur.«

»Wenn schon, dann eine Voyeuse. Oder Voyeurin. Oder sagt man Voyeuristin? Warum knirschst du mit den Zähnen? Was war denn nun?«

»Ich steh da und pinkle gemütlich vor mich hin, da raschelt's und knackst es hinter mir, ich dreh mich um, und was seh ich? Deine Schlumpel. Hockt auf dem Fenstersims, efeuumrankt, und guckt zu. Wie ich –«

»Wie du pinkelst?«

»So ist es. Und wie sie guckt! Sehr interessiert. Stell dir das mal vor!«

Ich stellte es mir so sehr vor, daß ich mich auf einen Stuhl setzen und mir die Augen trocknen mußte, weil mir die Tränen die Backen herunterliefen.

»Findest du das lustig?« fragte Konrad kühl. »Du hast einen merkwürdigen Humor. Das ist ein dicker Hund. Ich mein, es ist ein grober Eingriff in meine Intimsphäre.«

»Ach was! Du hast neulich auch zugeguckt, wie sie gepinkelt hat.«

»Das ist was anderes. Katzen haben kein Schamgefühl.«

»Warst du schon mal eine Katze?«

»Gottlob nicht. Und wenn ich eine gewesen wär, dann, bitteschön, höchstens ein Kater.«

»Ganz mein lieber seliger Stoffele«, sagte ich.

»Wie soll ich das verstehen?«

»Der gleiche Macho.«

»Sie hat gehört, daß ich da drin bin, und dann ist sie raufgesprungen –«

»Eine sportliche Leistung«, sagte ich. »Du wärst da nicht raufgekommen, einen Meter fünzig aus dem Stand schaffst du nie.« Ich legte den durchgewalkten Teigkloß in die rotbraune Schüssel mit dem gewellten, überall angeschlagenen Rand, die ich vor gut dreißig Jahren im elsässischen Soufflenheim gekauft habe, in der geht der Teig am liebsten, und deckte ihn mit einem sauberen, frisch gebügelten Küchenhandtuch ab. Ich nehme immer dasselbe, von meiner Schwester Ulrike mit dem Spruch *Unser täglich Brot gib uns heute* bestickte Handtuch. Einmal verwendete ich ein anderes, aber da ging der Teig, konservativ wie Brotteige nun mal sind, nicht so schön.

»Was soll das mit dem Handtuch?« fragte Konrad. »Friert er vielleicht?«

»Ist doch klar. Der Teig mag es nicht, wenn ihm jemand beim Aufgehen zuschaut. Das verletzt seine Intimsphäre. Und? Wie ging's weiter?«

»Es ging nicht weiter«, sagte Konrad düster. »Ich konnte nicht mehr. Pinkel du mal, wenn so ein Katzenviech zuguckt. Dreh dich wenigstens um, blöde Kuh, hab ich gesagt, aber sie hat gar nicht dran gedacht und noch mehr geguckt. Hat richtig den Hals verdreht. Da hab ich das Fenster zugemacht und mich auf die Klobrille gesetzt, so fertig wie ich war.«

Ich stellte die Schüssel an einen warmen Platz. »Nimm's nicht so persönlich«, tröstete ich Konrad. »Das macht sie doch immer so. Sie hört, da ist wer, sie springt hinauf, dann hebt man sie herunter, macht die Tür auf, und sie zieht ab. Sie denkt sich nichts dabei. Sie will nur rein.«

»Sag ihr, daß das nicht geht«, verlangte Konrad. »Jedenfalls nicht, wenn ich gerade im Klo bin. Du kannst von mir aus in ihrer Gesellschaft pinkeln.«

»Aber das weiß sie doch vorher nicht. Wir könnten vielleicht auf ein Schild schreiben: *Achtung, Mann im Klo, nicht gucken!* Das hängst du dann hinaus. Sie würde es bestimmt respektieren.«

»Kann sie lesen?« fragte Konrad kühl.

»Dann machen wir's anders. Wir malen ein *Männeken pis,* das ist der auf dem Brunnen in Brüssel, dann weiß sie Bescheid und läßt dich in Ruh.«

»Blödes Weibervolk!« knurrte Konrad. »Euch ist nichts heilig, nicht mal ein pinkelnder Mann. Da ist das Mistviech!«

Schlumpel war aus dem Garten aufs Fensterbrett gesprungen, hockte nun in einem Sonnenfleck und sondierte die Lage.

»Guck, wie sie guckt«, sagte Konrad anklagend. »Und wie sie grinst!«

»Schlumpel grinst nicht«, sagte ich, »sie lächelt dich charmant an. Weil sie immer das Gute im Mann sieht, es mag noch so verkümmert sein.«

»Ich sag dir was«, sagte Konrad. »Dieses Tier ist höchst egoistisch, scheut jegliche Verantwortung, hat keine Ahnung vom Ernst des Lebens und hält sich für weiß Gott was alles, vermutlich für was Besseres. Sie ist ein richtiges Widerstandsnest. Hab ich doch gleich gemerkt.« Er verließ die Küche und ward bis zum Abend nicht mehr gesehen. Aber zu hören. Mit der ›Tragischen Symphonie‹ von Franz Schubert. Sehr laut und sehr tragisch.

»Der ist wohl mit der falschen Pfote aufgestanden«, sagte Schlumpel. »Hat er was, oder fehlt ihm was?«

»Du hast ihm beim Pinkeln zugeguckt. Das hat seine tiefsten männlichen Gefühle verletzt.«

»Der pinkelt vielleicht komisch«, sagte Schlumpel. »Im Stehen pinkelt der. Wo man sich doch beim Pinkeln hinkauert. Und er hat nicht mal gescharrt. Aber er hat ja auch kein Kistchen in seinem Klo.«

»Ich werd's ihm sagen«, sagte ich. »Vielleicht stell ich ihm morgen eins rein. Damit er's lernt. Aber ich hab da meine Zweifel.«

»Er hat auch keinen Wasserfall gemacht.«

»Der ist ihm verständlicherweise versiegt.«

»Ich mein den Wasserfall, der kommt, wenn man auf den Knopf drückt.«

»Den hat er vergessen. Der Schock, verstehst du?«

»Also im Pinkeln ist der nicht besonders«, sagte Schlumpel mit leiser Verachtung.

Was bin ich?

Bei Sauwetter bleiben wir gerne drinnen und führen tiefgründelnde Gespräche. Dabei verliere ich oft den Boden unter den Füßen und weiß nicht mehr, wer oder was ich bin. Meine Katze aber weiß immer noch, was sie ist: eine Katze.

»Wenn du mich nicht hättest«, sagte Schlumpel eines Tages, »läg niemand in meinem Körbchen, in dem ich gerade liege.«

»Richtig«, sagte ich.

»Und du hättest niemand zum Streicheln.«

»Ich hätt schon jemand, aber keine Katze.«

»Konrad«, sagte meine Katze mit leiser Verachtung, »gilt nicht. Der ist nicht gut streichelbar, weil er kein anständiges Fell hat. Aber ich hab ganz viel. Überall. Fühl mal!«

Ich strich über ihren Kopf. »Schön weich.«

Sie beknabberte zufrieden ihre Zehen. »Wenn ich du wär, tät ich mich den ganzen Tag streicheln.«

»Aber«, gab ich zu bedenken, »wenn du ich wärst, wär ich du, dann würdest du ja nicht dich selber streicheln, sondern mich.«

»Stimmt«, sagte Schlumpel. »Bleib ich halt ich, sonst hab ich nix von der Streichelei.«

»Und den ganzen Tag gestreichelt werden hält ja kein Fell aus. Ich streichle dich mehr als ab und zu. Ich bin geradezu ein Dauerstreichler.«

»Aber nur, weil du mich hast. Wenn du mich nicht haben tätest, läg ich ja gar nicht hier drin.«

»Das ist wohl wahr«, sagte ich. »Und dann wär das nicht dein Körbchen, sondern das Körbchen einer anderen Katze.«

Schlumpel starrte mich mißtrauisch an.

»Möglicherweise«, sagte ich.

»Was für eine Katz meinst du?«

»Irgendeine nette, kleine, feine, liebe, sehr dezente Katze.«

»Aber keine rote Schmuddelkatz«, sagte Schlumpel.

»Glaubst du, du bist die einzige rote Katze, die herumläuft?«

»Und die tätest du streicheln, diese andere rote Katze?«

»Ja, das tät ich.«

»Mehr als mich?«

»Genauso wie dich.«

»Aber wenn diese andere rote Katze hier drin liegen tät, und du tätest sie streicheln, weißt du nicht, ob du sie genauso streicheln tätest wie mich, weil ich ja gar nicht dringelegen wär.«

»Nein«, sagte ich nach einigem Nachdenken, »das wüßte ich nicht. Vielmehr ja. Dann ist es doch besser, du liegst drin, und ich streichle dich.«

Das fand Schlumpel auch. »Aber diese andere rote Katze, die nicht Schlumpel ist und nicht drin liegt, weil ich drin lieg, wo liegt jetzt die?«

»Keine Ahnung.«

»Vielleicht hat sie gar kein Körbchen«, sagte Schlumpel. »Und keinen Streichelmensch.«

»Ja, das kann schon sein. Arme andere rote Katze!«

»Und sie rennt rum und heult.«

»Bitterlich heult sie.«

»Weil du sie rausgeschmissen hast.« Schlumpel hob anklagend die Pfote.

»Ich hab sie nicht rausgeschmissen«, sagte ich empört. »Sie war gar nicht drin, in diesem Körbchen. Weil ich ja nicht weiß, ob es so eine rote Katze überhaupt gibt, die an deiner Stelle, also, wenn ich dich nicht hätte, jetzt in diesem Körbchen läge. Wegen mir braucht die also nicht zu heulen. Erst recht nicht bitterlich.«

Schlumpel sah mich von der Seite an. »Wenn es sie aber doch geben tät?«

Ich schloß die Möglichkeit nicht aus.

»Wir könnten ja zu zweit in meinem Körbchen –«

»Das fänd ich sehr nett von dir.«

»Aber glaubst du nicht, das wär zu eng?«

»Eng wär's freilich.«

Schlumpel streckte sich. »Viel zu eng. Guck mal, meine Pfoten hängen über den Rand, und mein Schwanz muß sich kringeln. Schmeiß sie raus!«

»Ungern, aber ich seh's ein.«

»Du schmeißt sie wirklich raus?«

»Jawohl.«

»Eigentlich«, sagte Schlumpel langsam, »ist das sehr unlieb von dir, sie rauszuschmeißen. So eine arme, rote, bitterliche Katze! Typisch Mensch!«

Ich gab nach. »Gut, dann schmeiß ich sie halt nicht raus.«

»Wen dann? Mich? Du willst mich also rausschmeißen?«

»Aber Schlumpel!«

»Du schmeißt mich nicht raus?«

»Nie im Leben!«

»Dann hast du aber zwei.«

»Richtig.«

»Und Konrad.«

»So ist es.«

»Zwei und Konrad geht nicht«, sagte sie entschieden. »Schmeiß sie doch raus! Konrad auch.«

»Ich schmeiße grundsätzlich keine Katze raus, egal ob rot, grün, gelb oder blau. Wir rücken zusammen. Mit Konrad.«

»Aber wir haben nur vier Schüsselchen. Für mich.«

»Dann kauf ich noch ein paar.«

»Die frißt bestimmt mehr als ich. Konrad auch.«

»Dann eß ich weniger, so gleicht sich das wieder aus.«

»Und sie hat Flöh. Und Milben. Und Würmer. Und die Tollwut. Und –«

»Wir gehen selbstverständlich mit ihr zur Tierärztin.«

»Die wird auch immer teurer, hast du gesagt.«

»Für meine beiden Katzen ist mir nichts zu teuer.«

»Du bist gemein.« Schlumpel drehte mir den Rücken zu.

»Wieso?«

»Weil du noch eine andere Katze hast. Ich hab nur einen Mensch, und dann auch noch bloß dich.«

»Aber du bist doch die einzige hier. Diese andere, auch rote Katze, die wir gerade tierärztlich versorgt haben, ist eine rein hypothetische Katze, die gibt's ja überhaupt nicht.«

»Bist du sicher?«

Ich zögerte. »Doch«, sagte ich dann mit fester Stimme, »ganz sicher.«

»Vorhin hast du gesagt, es gibt noch mehr rote

Katzen, die vielleicht gern hier in meinem Körbchen rumliegen täten und die wahrscheinlich schrecklich wurmig und vertollwütet sind.«

»Aber nicht, wenn du drinliegst.«

»Und wenn ich mal rausgeh, weil ich muß oder so? Dann kommt sie gerannt und legt sich rein, und ich heule. Bitterlich!«

»Das tut sie bestimmt nicht. Ich paß schon auf.«

»Aber wenn du mal mußt, kommt sie gerannt, und schon ist sie drin und macht sich breit.«

»Dann muß halt Konrad aufpassen.«

»Aber wenn der pinkeln muß und rausgeht –«

»Schlumpel! Ich kann nicht mehr! Es gibt keine andere rote Katze, die nur darauf lauert, daß einer von uns dreien muß.«

»Vielleicht keine andere rote Katze. Aber vielleicht gibt's einen roten Kater.«

»Ein roter Kater kommt nicht in Frage.«

»Vielleicht will Konrad einen Kater. Damit er zu zweit ist. Und sich stärker fühlt.«

»Wenn Konrad zu zweit sein will, soll er sich an mich wenden, nicht an irgendeinen Kater.«

»Schwör's!«

»Ich schwöre! So wahr mir Gott helfe!«

»Der hilft dir bestimmt nicht«, sagte Schlumpel.

»Warum sollte er nicht? Gott ist, sagt man, ausgesprochen gütig.«

»Weil du unfromm bist. Und was gegen Engel hast.«

»Dann schwör ich halt –«

»Bei meinem Opa«, sagte Schlumpel.

»Gut. Ich schwöre also bei bei meinem lieben, seligen, unvergeßlichen Stoffele, der in diesem Augenblick vermutlich in den ewigen Jagdgründen erfolglos einer jenseitigen Maus nachrennt, daß ich nie und nimmermeh' eine andere rote oder wie immer gefärbte Katze –«

»Oder einen Kater –«, sagte Schlumpel.

»– in dein Körbchen lassen werde, auf daß sie – oder er – sich darin breitmache und du heulend davorstehen mußt.«

»Nicht einfach heulend«, sagte Schlumpel. »Bitterlich!« Sie schleckte sich zufrieden. »Ich schmeiß dich auch nicht raus.«

»Das wär ja noch schöner«, sagte ich empört. »Dann müßte ich heulen.«

»Drum darfst du auch bleiben.«

»Da bin ich aber froh«, sagte ich dankbar. »Und Konrad?«

Schlumpel legte die Ohren flach an. Konrads Zeit war noch nicht gekommen. Als ich in die Küche ging, um für Schlumpel einen Kaffee zu kochen und für mich eine frische Dose aufzumachen, sah ich in den Garderobenspiegel. »Wer bist du?« fragte ich das Gesicht, das herausguckte.

»Bist du ich – also mich – oder bist du eine rote Katze, die ich – also du – rausgeschmissen hast?« Ich starrte in den Spiegel, verirrt im Gestrüpp meiner Existenz, und war nahe daran zu weinen. Bitterlich.

Weil Schlumpel den Kaffee nicht mochte und ich auf einmal keine Lust mehr hatte auf *Thun mit Huhn,* tauschten wir unsere Schüsselchen.

Kein bißchen heilig

Es war ein besonders hell strahlender Stern.

Stoffele hatte ihn mir geschenkt, an dem Tag, an dem er das Zeitliche segnete. Der Stern schnurrte. Dann löste er sich vom nächtlichen Himmel und fiel in einem wunderschönen Bogen herunter, mitten in eine Wiese, auf der ein paar Maiglöckchen und Gänseblümchen blühten. Und dann war der Stern kein Stern mehr, sondern –

»Stoffele!« sagte ich. »Wo kommst du bloß her?«

Stoffele legte den Kopf schief und machte Gluhaugen. Das kann er wie sonst keiner.

»Deinem Namen – Mephistopheles – nach, müßtest du ja aus der Hölle – aber ich hab gesehen, daß du vom Himmel gefallen bist. Von dem Stern, den ich nach dir genannt hab.«

»Freust du dich?«

»Und wie!«

»Ich freu mich auch.« Er rieb seinen dicken Kopf an meiner Hand.

»Ich war so traurig«, sagte ich.

Stoffele schniefte.

»Weil ich dich –«

»Ja«, sagte Stoffele. »Ich dich auch.«

Etwas Weißes huschte in geringer Höhe über ihn hinweg. »Der Katz-Engel«, sagte Stoffele, »von dem hab ich dir doch mal erzählt, weißt du noch?«

»Und wie! Ich hab eine sehr schöne Geschichte daraus gemacht. Wie geht's dem Osterzwerg?«

»Der läßt dich grüßen. Der Bimbl auch.«

»Stoffele«, sagte ich, »es liegt wieder wer in deinem Körbchen.«

»Weiß ich doch.«

»Bist du mir böse?«

»Ein Körbchen«, sagte Stoffele, »ist dazu da, daß jemand drinliegt. Leere Körbchen heulen leis vor sich hin.«

»Des Teufels Enkelkind liegt drin«, sagte ich. »Ich hab Schlumpel lieb. Wie dich.«

Stoffele schnurrte.

»War schön mit dir, Stoffele. Und jetzt ist es schön mit Schlumpel.«

Stoffele klappte zustimmend die Augen auf und zu.

»Stoffele«, sagte ich, »wenn ich mal – natürlich nicht gleich, sondern später – man wird ja nicht jünger – also dann – verstehst du?«

»Wenn du mal vom Dach fällst?«

»Es muß ja nicht gerade ein Dach sein. Man kann auch ganz friedlich – vielleicht schön gemütlich im Bett – oder im Schaukelstuhl – aber erst in höherem Alter, bitte – wenn ich also –«

»Verstehe«, sagte Stoffele.

»Ich möcht so gern vom Teufel geholt, ich mein, abgeholt werden.«

»Mach ich.«

»Sag mal – bist du jetzt irgendwie heilig oder verklärt oder geläutert, oder so?«

»Ich merk nix«, sagte Stoffele. Es klang glaubhaft. Er schien nicht besonders unter seiner fehlenden Geläutertheit zu leiden.

»Da bin ich aber froh.«

»Ich auch.«

Ich nahm ihn in den Arm und drückte ihn fest an mich. »Stoffele, du bist der liebste und schönste Kater, den ich kenn.«

»Find ich auch.«

»Und Schlumpel ist die liebste und schönste Katze, die ich kenn.«

»Find ich auch.« Wieder schnurrte er. Sein Schnurren wurde immer lauter, und dann war da kein Kater mehr, sondern ein Stern, der sauste in hohem Bogen zurück an den Himmel, wo er seinen Platz wieder einnahm und Gluhaugen machte, ich meine, wo er großartig funkelte. Ich stand auf der Wiese und schaute hinauf, aber das Schnurren hörte nicht auf, es war ganz nahe an meinem Ohr, und dann schleckte mir jemand das Ohr, was sehr kitzelte, und Schlumpel sagte: »Ich hab Hunger!«

Türquälerei

Hörst du nichts?« Ich sah von meinem Buch auf. »Da maunzt wer.«

»Der Maunzer, vielmehr die Maunzerin«, sagte Konrad, »hockt draußen vor der Balkontür.«

»Sie kann nicht rein.«

»Ganz recht. Die Tür ist zu.«

»Jemand müßte sich einen Ruck geben, sich erheben, durchs Zimmer gehen, die Klinke herunterdrücken.« Ich las weiter. ›Das geheime Seelenleben des Mannes jenseits der Lebensmitte‹.

»Es ist deine Katze.« Konrad brütete seit einer Stunde über einer Schachaufgabe: Weiß zieht und setzt Schwarz in zwei Zügen matt.

»Du bist näher an der Tür.«

Durch Konrad ging kein Ruck, er streckte Schlumpel nicht sehr gentlemanlike die Zunge raus. Die stellte sich auf die Hinterpfoten und trommelte mit den Vorderpfoten gegen das Glas. Was Konrad sehr amüsierte. Dann trippelte sie unruhig vor der Tür auf und ab.

Konrad begab sich nun auch dorthin, doch nicht, um sie zu öffnen; er stand da wie der grimme Kafkasche Hüter vor der Tür, die zum Gesetz führt. Nur die Pelzmütze fehlte.

Ich legte das Buchzeichen in den Mann in der Lebensmitte, rappelte mich auf, um dem grausamen Spiel ein Ende zu machen, aber Konrad, der Schlumpel den Überfall im Klo immer noch nicht verziehen hatte, sah eine günstige Gelegenheit, ihr eins draufzugeben. »Setz dich wieder hin! Ich erteile ihr jetzt eine Lehre.«

Die beiden starrten sich durch die Scheibe an. Dann öffnete Konrad ganz langsam die Tür. »Mach mal schön bitte, bitte!«

Schlumpel legte den Rückwärtsgang ein.

Konrad hob die Stimme: »Ich warte!«

Schlumpel wartete auch. Ließ den Blick nicht von der Türklinke. »Ich laß mich von so einem doch nicht drängen«, sagte meine Katze, was Konrad natürlich nicht verstand.

»Herein mit dir! Aber ein bißchen Beeilung!«

Dieser Ton und die äußerst katzenfeindliche Forderung, sich zu sputen, mißfielen Schlumpel so sehr, daß sie nicht daran dachte, hereinzukommen, kein bißchen. Sie ließ sich erst mal vor der Tür nieder, was Konrad zu einem Stirnrunzeln veranlaßte.

Weiteres gegenseitiges Anstarren. Dann machte

Konrad die Tür etwas weiter auf. Nun aber fand Schlumpel die Öffnung zu groß. Vermutlich dachte sie, Konrads plötzliche Bereitschaft beargwöhnend, in einen Hinterhalt gelockt zu werden, und blieb, wo sie war. Vor der Tür. Bei Menschen weiß man ja nie. Das weiß jede Katz.

»Wird's bald?«

Nichts wurde, schon gar nicht bald. Schlumpel versank in Nachdenken, was in diesem speziellen, sehr schwierigen Fall wohl das Richtige sei.

Konrad reagierte unsouverän. »Ich geb dir noch zehn Sekunden!« zischte er.

Eine Katze zischt man nicht an. Das macht sie nicht entschlußfreudiger. Schlumpel sah sich nach einer anderen Möglichkeit um, ins Zimmer zu kommen, ohne daß sie sich mit diesem Grobsack anlegen mußte. Es bot sich keine. Sie wich zurück und setzte sich, einen Meter von der Tür weg, auf den Boden. Saß zwischen zwei Töpfen, im einen blühte roter Oleander, im anderen dunkelblaues Heliotrop. Ein hübsches Bild. Zum Malen.

Konrad fehlte es jedoch an Sinn für Schönheit und an der einer Katze gegenüber gebotenen Höflichkeit. Er teilte Schlumpel mit, sie sei eine blöde Kuh, und das auch noch ziemlich laut.

»Ich bin eine freie Katze«, sagte Schlumpel. »Ich geh raus und rein, wann ich Lust hab. Sag ihm das.« Sie drehte die Ohren so, daß sie halb nach vorne gespitzt und gleichzeitig halb nach hinten gelegt waren und man ihre Rückseiten sehen konnte.

Was Konrad als das auffaßte, was es auch war, nämlich als eine unfreundliche Geste, weshalb er die offene Tür geräuschvoll wieder zuschob und sich abermals seinem Schachproblem widmete.

Schlumpel hockte weiterhin wie eine Statue vor der Tür. Wer von einer Statue fixiert wird, kann kein Schachproblem lösen, wird kribbelig und verwechselt das Pferdchen mit dem Läufer. Nach drei Minuten erhob Konrad sich, öffnete wiederum die Tür, aber nur einen kleinen Spalt, durch den Schlumpel selbstverständlich durchgekommen wäre, hätte sie's gewollt. Sie wollte aber nicht. Hindurchzwängen wäre unter ihrer Katzenwürde gewesen. Sie saß da wie angenagelt.

Konrad erkundigte sich, ob sie Uhu am Hintern habe.

Schlumpel drehte den Kopf weg und genoß den Blick auf die schöne Gegend.

»Bist zu dick für den Spalt, was?«

So was darf man einem weiblichen Wesen nicht sagen. Schlumpel zwängte sich demonstrativ durch die Öffnung, blieb zwei Sekunden im Raum; bevor Konrad die Tür wieder schließen konnte, war sie schon wieder draußen und beroch mit fest zugezwickten Augen ausgiebig den Türrahmen, denn

Türrahmen riechen oft sehr interessant nach Kater.

Konrad verlegte sich aufs Locken. Er versprach, er werde mit an Sicherheit grenzender Wahrscheinlichkeit eine frische Dose für sie öffnen, wenn sie sich endlich bequemen könne – er kriege allmählich kalte Füße.

Schlumpels Schwanzende peitschte hin und her. Ich glaub dir kein Wort, sagte der Schwanz.

Konrad fiel eine neue Strategie ein. Er öffnete die Balkontür etwas weiter, dann die Tür, die zur Küche führt, und ward nicht mehr gesehen.

Schlumpel dachte nicht dran, in eine Falle zu gehen. »Der versteckt sich bestimmt im süßen Schrank«, sagte sie in meine Richtung, »wo die Kekse sind, die er immer klaut. Und wenn ich vorbeigeh, schreit er ›buh!‹ Eine Katze läßt sich nicht anbuhen.«

»Nein«, sagte ich, »so eine Anbuherei mußt du dir nicht gefallen lassen. Das tät ich auch nicht.«

Sie legte sich wieder hin, knickelte die Pfoten ein und machte Müffchen. Direkt auf der Schwelle.

Weil sich nichts tat, kam Konrad zurück, stand aber nur dumm herum, eher mehr als weniger. Sein Blick schien mir irre. »Weißt du eigentlich, was du willst?« blaffte er Schlumpel an. »Launisches Weibsstück! Xanthippe! Störrisches, hinterhältiges Lumpenviech! Und du« – sein Finger spießte mich auf – »bist schuld.« Er erklärte, ich habe es versäumt, offenbar aus Schwäche, dieser Katze rechtzeitig ihre Grenzen aufzuzeigen. Sogar die Achtundsechzigergeneration habe einsehen müssen, daß die antiautoritäre Erziehung in den pädagogischen Abgrund führe.

»Ich will rein«, sagte Schlumpel. »Aber zu meinen Bedingungen.«

Konrad versprach, sie zu zerquetschen. »Hemmungslos«, sagte er, »du weißt nicht, wozu ein bis zum Äußersten gereizter Mann fähig ist.«

Schlumpel fing an, sich zu putzen, vermutlich, um Konrad zur Weißglut zu bringen, was ihr nicht schlecht gelang. Er schob die Tür so weit zu, daß ihr Schwanz in Gefahr geriet. Schlumpel fauchte ihn so eindrucksvoll an, daß er zur Seite sprang. Sie hob die Tatze, schlug in die Luft und glich einer der Mänaden, die einst den armen Orpheus so zurichteten, daß er keinen Piep mehr machen konnte.

Das schien Konrad auch so zu sehen. Er erinnerte sich an seine bei der letzten Auseinandersetzung mit Schlumpel lädierte Nase und trat zurück: »Nach Ihnen, Madame!«

Schlumpel stolzierte mit erhobenem Schwanz ins Zimmer, verschwand in der gottlob zur Küche hin geöffneten Tür, kam nach etwa drei Minuten zurück und schritt, ohne Konrad auch nur eines Blickes zu würdigen, durch die Balkontür hinaus.

Dann begab sich Konrad in die Küche, um sich einen magenfreundlichen Fencheltee zu brauen.

»Weißt du, was sie gemacht hat?« fragte er, in der Hand den Henkelbecher, auf dem *Salbei* steht. Er findet nie den richtigen Becher, was, wie er behauptet, an mir liege, bei ihm zuhause herrsche Ordnung im Küchenschrank, da trinke er seinen Fencheltee immer nur aus der ständig bei Fuß stehenden Fenchelteetasse.

»Sie wird einen kleinen Happen zu sich genommen haben.«

»Happen ist gut. Sie war auf dem Klo. Wo sie draußen doch überall könnte, wenn sie nur wollte. Aber sie wollte was anderes. Mich schikanieren. Drum hat sie das ganze Theater inszeniert.«

»Matt!« Ich machte mit dem Pferdchen einen so kühnen Sprung, daß sein schwarzer König vor Schreck tot umfiel.

»Matt? Wieso? Wer?«

»Der schwarze König. Du auch. Er durch meine Dame, du durch meine Schlumpel. Mit Katzen diskutiert man nicht. Man zieht immer den kürzeren. Das weiß ich noch von Stoffele.«

»Ich werd ihr schon noch zeigen, wo der Bartel den Most holt«, knurrte Konrad.

Die neuen Bremer Stadtmusikanten

»Erzähl!« Schlumpel machte große, erwartungsvolle Funkelaugen. »Damit ich besser schlafen kann.« Sie lag am Fußende meines Bettes, auf der grünen Dekke, die hat sie sich erobert, aber weiter rauf darf sie nicht. Haben wir ausgemacht. Ich meine, ich hab das ausgemacht.

Ich gähnte. »Nix da! Ich bin viel müder als du. Bin nämlich über den Schluchsee ans andere Ufer geschwommen.«

»Aber du liegst doch hier. In meinem Bett.«

»Das kommt daher, daß ich wieder zurückgeschwommen bin. Erzähl du mir was. Eine Geschichte mit einer Katz drin. Dann haben wir zwei. Eine in einer Geschichte, die andere in meinem – in unserem Bett.«

Schlumpel ließ ihre Ohren spielen. »Also eine Katz mit einer Geschichte um sich rum. Es ist eine sehr wahre Geschichte, direkt aus dem Leben.« Und sie begann: »Es war einmal ein alter Esel. Und sein Herr – Esel haben nämlich einen Herrn, eine Katze nicht, das wär ja noch schöner – sein

Herr wollte ihn loshaben und hat ihn weggejagt. Der Esel hat gesagt, von irgendwas muß man ja leben, auch als alter weggejagter Esel, am besten geh ich nach Irgendwo, dort mach ich Musik. Und er ist losgelaufen, nach Irgendwo. Dann lag da ein Hund rum. Den hat sein Herr – Hunde haben nämlich einen Herrn, Katzen nicht, so was haben sie nicht nötig – also sein Herr hat ihn totschlagen wollen, weil er alt war. Und der Esel hat gesagt, komm mit, wir machen zusammen Musik. In Irgendwo. Dort warten sie nur auf uns. Und der Hund ist mitgegangen. Dann saß da eine Katze rum. Eine rote mit grünen Augen.«

»Schlumpel? Du?«

Schlumpel zwickte die Augen zu. »Was macht ihr denn? hab ich gefragt. Wir gehen nach Irgendwo und machen dort Musik, hat der Esel gesagt. Wenn wir hierbleiben, schlagen unsere Herren uns tot. Das kommt davon, hab ich gesagt, wenn man einen Herrn hat. Ich hab keinen. Warum hast du keinen? hat der Hund gefragt. Weil ich eine Katze bin, Katzen haben keinen Herrn. Katzen regieren selber. Entweder über sich, oder über einen Menschen. Ich mach, was ich will. Mein Mensch macht auch, was ich will. Und ich will, was ich mach. Und jetzt mach ich eine Pause.«

Sie schleckte die Vorderpfote ab und begann mit einer ausführlichen Putzerei.

»Weiter!« bat ich. »So eine Geschichte hab ich noch nie gehört. Mal was Neues.«

»Eile mit Weile!« sagte Schlumpel, das hat sie von unserem Briefträger, und »putze mit Spucke!« Das hat sie von sich. Sie klemmte das Schwanzende zwischen die Pfoten und leckte das Fell schön glatt, was mindestens drei Minuten dauerte und meine Spannung erhöhte. »Komm doch mit uns, hat der Esel gesagt, nach Irgendwo, zum Einbißchenmusikmachen. Warum nicht? hab ich gesagt, im Schnurren bin ich ganz groß. Mal 'ne Abwechslung. Und dann haben wir einen gesehen. Auf dem Mist, ganz oben droben. Einen – rat mal!« Sie streckte die Pfote ganz lang aus, über die grüne Decke hinaus.

Ich schob die Pfote zurück. »Das ist eine unzulässige Grenzüberschreitung. Einen Elefanten?«

»Nix Elefant.« Die andere Pfote wagte sich vor.

»Ein Krokodil? Pfoten weg!«

»Nix Krokodil.«

»Einen Eisbär? Ein Walroß? Eine indische Seekuh?«

»Du bist blöd«, sagte Schlumpel. »Einen Gokkel. Ganz verrupft. Der hat gekikerikit. Und wie! Weil sein Herr gesagt hat, er muß in den Suppentopf. Göckel haben nämlich einen Herrn, Katzen natürlich nicht. Weil sie gar nicht auf die dumme Idee kommen, sie könnten einen haben. Aber der

Gockel war gegen den Suppentopf und ist mitgegangen. Zum Musikmachen. Mit dem Trompetenesel, dem Jaul- und Bellhund, dem Krähgockel und mit mir, der Schnurrkatze. Hör mal!«

Schlumpels Geschnurre würde, da war ich mir ganz sicher, der vorgehabten musikalischen Darbietung in Irgendwo die Krone aufsetzen, wenn ich mal so sagen darf.

»Dann waren wir auf einmal in einem tiefen, dunklen Wald. Und in dem Wald war ein Haus. In einem Haus ist's warm, wenn's draußen kalt ist.« Schlumpel kroch unter die grüne Decke wie in einen Tunnel, ich sah nur noch ihren Kopf mit den Funkelaugen. »Der Esel hat durchs Fenster ins Haus geguckt und die Räuber gesehen, die in jeden anständigen Wald gehören. Die haben gegessen. Sehr feine Sachen. Hackfleischbällchen und so. So was essen Räuber jeden Tag. Ich krieg nicht jeden Tag Hackfleischbällchen.« Sie fing meinen Zeh, mit dem ich unvorsichtigerweise unter dem Leintuch wackelte, und biß kräftig hinein. »Maus gab's auch. Und sie haben süße Sahnemilch getrunken. Da hat der Esel sich mit den Vorderfüßen auf das Fenster gestellt, der Hund ist auf ihn draufgesprungen, dann der Gockel, dann ich.«

»Entschuldige«, sagte ich, »der Gockel ist auf dich gesprungen. Das weiß ich von ein paar lieben alten Freunden, den Brüdern Grimm.«

»Waren die dabei?« fragte Schlumpel. »Natürlich war ich oben. Eine Katze ist immer oben. Wegen dem Überblick, den sie, als Katze, immer haben muß. Und dann haben wir musikalisch gesungen.«

»So? Was denn?«

»*Im Wald, da sind die Räuber, hallihallo, die Räuber.* Das hab ich nämlich von meiner Milchfrau. Und dann sind die Hallihalloräuber abgehauen, und wir sind hinein und haben alles weggeputzt. Dann ist ein Räuber zurückgeschlichen, aber dem hab ich eins über die Räubernas gezogen, und er hat gebrüllt und ist verschwunden. Dann sind wir noch ein bißchen im Haus geblieben und haben uns ausgeruht« – sie lag nun zusammengerollt auf meinem Bauch – »und dem Esel, dem Hund und dem Gockel hat es so gefallen, daß sie gesagt haben, da bleiben wir.«

»Und du, Schlumpel?« fragte ich.

»Ich bleib auch ein bißchen. Schön weich hier. Du darfst mich bekrabbeln.«

Ich bekrabbelte sie ausgiebig. »Ich hoffe, du weißt, daß du illegal hier liegst. Du gehörst auf die grüne Decke auf meinen Füßen.«

»Klar.« Schlumpel rollte sich einmal auf mir herum.

»Und dann?«

»Ich bin doch eine freie Katze«, sagte Schlumpel. »Was glaubst du denn? Mir war's bald langweilig bei den alten Knochen.« Sie sprang vom Bett, umrundete es zweimal, aber da ich den Kopfteil nicht aufgestellt hatte wie sonst, wenn ich noch ein bißchen lesen will, und flach lag, fand sie den Einstieg in den Bettkasten nicht, was ihr gar nicht gefiel. Und auch der Schrank, in dem sie leidenschaftlich gern herumstöbert, war zu. Sie sprang aufs Fensterbrett, spitzte die Ohren und lauschte in die Nacht. »Kater gab's auch keine, die einen ansingen und sich wegen einem verdreschen«, sagte sie nach einer Weile, »da bin ich abgehauen und wieder zu der Milchfrau gegangen, die mit dem Pfarrer, der –«

»Ich weiß«, sagte ich, »das wollen wir jetzt aber nicht vertiefen. Sonst klingen den beiden, die vielleicht gerade Mohrenköpfe essen, was ich ihnen herzlich gönne, die Ohren.«

»Da bist du ja wieder, hat sie gesagt, und dann gab's Milch, aber süße Sahne und ein bißchen Wasser drin wär jetzt besser.«

Ich stand sofort auf und brachte ihr das gefüllte Schüsselchen. »Und wenn die drei alten Knacker im Räuberhaus nicht gestorben sind«, sagte ich, »dann leben sie heute noch. Wie du, Schlumpel. Worüber ich gottfroh bin. Tolle Geschichte! Die muß ich Konrad erzählen. Der kennt sie nicht. Ich mein, der erkennt sie nicht wieder.«

Schlumpel fauchte, wie sie das immer tut, Konrad an, der in Gestalt seines Morgenmantels an einem Kleiderbügel hing. »Ich guck mich noch ein bißchen draußen um«, sagte sie dann, auf einmal kein bißchen müde mehr, »nächtlich ist's viel interessanter als täglich. Heut ist bestimmt die schönste Nacht in meinem Leben. Mach 's Fenster auf!«

Ich ließ sie hinaus und sah noch kurze Zeit in den dunklen Garten, lauschte dem Geschnaufe des Igels, der hinter meinen Schnecken her war, aber nicht gerade übertrieben schnell – was ich verstehen kann, ich mag die schleimigen, quatschigen Dinger auch nicht –, lieber hält er sich an Katzenfutter. Lauschte dem Zirpen der Grillen und dem scheppernden Geräusch, das Seppi, der Nachbarskater und Verehrer Schlumpels, machte, der ihr Schüsselchen hinter der Küchentür – er guckt immer, ob der Igel ihm was übriggelassen hat – vor sich herschob.

In Morpheus’ Pfoten

Quitten sind bockelhart. Ich hatte einen Korb voll geschält, geviertelt (mit dem großen Sägemesser), entkerngehäust, entsaftet, den Saft zu Gelee gekocht, Schildchen auf die Gläser geklebt – *Quittengelee, sehr fein!* –, die Gläser in den Keller getragen und ins Regal gestellt. Alles klebte, die Herdplatte, die Töpfe, der Fußboden, am meisten ich. Ich nahm ein Bad, ging todmüde ins Bett, zog mir die Decke über die Ohren und gedachte einen schönen, langen, quittenlosen Schlaf zu tun.

Aber die Gedanken gaben keine Ruh, sie tanzten mir auf der Nase herum, wirbelten durcheinander, ich fand keinen schönen langen Schlaf, fand nicht mal einen kurzen. Immer, wenn ich glaubte, ihn gefunden zu haben, drehte er mir eine lange Nase und floh mich wieder.

Ich stand auf und wanderte durchs Haus. So ein nächtliches Haus wirkt nicht beruhigend; erst knarren die Deckenbalken, knacken die Treppenstufen, dann knacken die Balken, knarren die Stufen. Es fallen einem Sachen ein, etwa der Krimi von neulich, wo eine Frau nachts allein im Haus – dumme Gans, dachte ich, wer guckt auch so was an, wenn er allein im Haus –

Ich kochte mir eine heiße Schokolade. Nachdem ich sie getrunken hatte, erinnerte ich mich daran, daß Schokolade Coffein enthält, das fördert gewiß keinen Schlaf. Vor meinem geistigen Auge erschien der gütig blickende Pfarrer Sebastian Kneipp, der riet mir, die Badewanne wadenhoch mit kaltem Wasser zu füllen und im Storchenschritt ein paar Minuten drin herumzustolzieren, dann würde ich nicht anders können, als in tiefen, erholsamen Schlaf zu fallen. Ich stolzierte, das Wasser war sehr kalt, die Füße auch, sie weigerten sich, gut durchblutet zu werden, auch der Schlaf mußte kalte Füße bekommen haben, er dachte nicht daran, mich in sich fallen zu lassen, und machte sich aus dem Staub. Schäfchen zu zählen weigerte ich mich, weil ich es langweilig finde und in der Schule in Mathe immer zu wünschen übrig ließ, was noch vornehm ausgedrückt ist. Aber ich hab da mal eine CD geschenkt bekommen, mit sehr sanften, beruhigenden und innere Wogen glättenden Naturgeräuschen: einschläfernden Regentropfen, Wellen, die an irgendeinen Strand schlagen, ein Wind rauscht melodisch in Bäumen. Die spielte ich mir vor, fünfmal hintereinander, je mehr ich sie anhörte, desto aufgekratzter wurde ich, desto später wurde es. Am nächsten Morgen mußte ich fit sein, da hatte ich eine Menge vor, mußte lauter wichtige Sachen erledigen, ich würde meinen ausgeschlafenen Kopf brauchen, vielleicht sollte ich doch eine Tablette – obwohl mir Tabletten gegen das Prinzip gehen, ich bin fürs Natürliche, aber in diesem Fall – allerdings kriege ich nach jeder Tablette, egal gegen was, immer irgendeine Nebenwirkung. Also laß es, dachte ich, versuch's mit was anderem, versuch's mit einem Bier. Bier macht schläfrig, wie jeder weiß, aber nur, wenn eins im Haus ist, und es war keins im Haus, weil Konrad die letzte Flasche geleert und nicht für Nachschub gesorgt hatte, was auch nicht die wahre Liebe ist, wie ich erbittert dachte. Säuft mir einfach mein Bier weg, obwohl ich eigentlich Bier nicht mag und den Bierkasten nur für ihn in den Keller stelle. Dann fielen mir Baldriantropfen ein. Die hatte ich, zwar datumsverfallen, aber immerhin. Ich tropfte dreißig Tropfen auf ein Stück Zucker, das ließ ich auf der Zunge vergehen, doch der Baldrian erwies sich als ausgesprochener Muntermacher, ach Gott, war ich munter, so munter war ich, daß ich mein Bett um einen Meter verschob, vielleicht lag ich, ohne darum zu wissen, auf einer schlafverhütenden Wasserader, so was soll's doch geben, oder auf bösartigen, unruhestiftenden Erdstrahlen, aber auch das verschobene Bett half nichts, der Schlaf hockte draußen auf der Birke, winkte mir zu, streckte mir die Zunge raus. Ich versuchte mich in autogenem Training. Aber je mehr ich meinem linken Arm sagte, er werde immer schwerer, meinem rechten Bein ebenso und allem, was man sonst noch beschwören kann, desto aufgedrehter wurden Arm und Bein, die zappelten richtig herum. Mir fielen all diese Geschichten ein von Leuten, die zwanzig Jahre lang nicht mehr geschlafen hatten, die nur im Sessel hockten und verfielen, körperlich und geistig. Dann drückte jemand die Nase platt am Fenster, ich ließ den Jemand herein, und Schlumpel trottete, nach einem kleinen mitternächtlichen Imbiß, zu ihrem Sessel, den Konrad rührenderweise immer noch für den seinigen hält, sprang hinauf, machte eine schnelle Katzenwäsche, ruckelte sich zurecht und ging unter.

Ich wickelte meine Beine in die alte Decke, die gewöhnlich auf der Heizung liegt und auf der Schlumpel zuweilen ein Nickerchen macht, legte mich aufs Sofa, das, wahrlich nicht schlaffördernd, unten durchhängt, und sah ihr zu. Meine kleine Katze lag in dem großen Sessel, den Schwanz schön um sich herumdrapiert, die Pfote bedeckte die Nase; eine vollkommene Kugel, nichts stand ab, alle ihre Sachen hatte sie beisammen, Michelangelo hätte seine Freude an ihr gehabt, erklärte er doch einmal einem Schüler, eine Plastik sei dann gelungen, wenn man sie den Berg hinunterrollen könne, ohne daß etwas Wichtiges dabei abbreche. Ja, meine Katze war zweifellos gelungen, war rund und schön, das sah ich, war weich und warm, das wußte ich. Sie schnaufte leise, ich sah sie atmen, etwas schneller als Menschen atmen, aber in schönem, gleichmäßigem Rhythmus. Und als ich ihr so beim Schlafen zusah, geschah es, daß ich auf einmal erleuchtet wurde und wußte, sie hatten nicht recht, die alten Griechen, wenn sie den Schlaf als einen Gott in Menschengestalt – wie alle ihre Götter – darstellten. Morpheus ist kein menschengestaltiger Gott, so ging mir auf, Morpheus ist ein großes, sanftes, göttliches Katzentier. Wer nicht schlafen kann, der richte einfach ein kurzes Gebet an Morpheus. Dann kommt der Katzengott angeschlichen auf leisen Pfoten, man hört sein freundliches Schnurren und muß nur die Augen zumachen und in diesen weichen, warmen Morpheuspfoten untergehen.

Gut' Nacht!

Zuerst gähnte sie übertrieben, dann schielte sie mich aus den Augenwinkeln an.

»Ab ins Bett!« Ich gähnte auch. »Geh du schon mal vor!«

Meine Katze nahm einen Anlauf und rannte, ich kann's nicht anders ausdrücken, wie eine gesengte Sau die Treppe hinauf in den zweiten Stock, hielt auf der siebten Stufe an – sie hält immer auf der siebten Stufe – und schaute zurück, ob ich auch nachkäme. Da ich nicht wie eine gesengte Sau renne, das wäre unter meiner Würde, und nachts schon gar nicht, und heute nacht erst recht nicht, taten mir doch von der Gartenarbeit alle Knochen weh, maunzte sie vorwurfsvoll, lief ein paar Stufen herunter, mir entgegen, und wartete, bis ich sie fast erreicht hatte. Bevor ich die Hand nach ihr ausstrecken konnte, raste sie wieder los in Richtung meines Arbeitszimmers, wo neben meinem Schreibtisch am bis zum Fußboden reichenden Fenster ihr Schlafkörbchen steht. Auch dieser Platz ist strategisch hervorragend ausgewählt, sehr katzengerecht, denn so kann sie, wie von der Heizung, auf der sie sonst liegt, sowohl das Zimmer als auch den Garten übersehen. Sie ist auf Augenhöhe mit den großen Bäumen, die diesen zur Straße hin begrenzen, und in diesen Bäumen tut sich immer allerhand Beobachtenswertes, tummeln sich Vögel und Eichhörnchen, der Wind reißt Blätter vom Baum und wirbelt sie herum. Außerdem hängt draußen vom Dachbalken das Netz mit den Meisenknödeln in ihrer Nasenhöhe.

Ist sie oben, legt sie sich aber nicht ins Körbchen, das tut sie nie. Jetzt geht der allabendliche Zirkus erst richtig los. Sie saust zuerst ein paarmal durchs Zimmer, überfällt die Teppichfransen, versteckt sich im Papierkorb und rennt dann durch die schmalen Gänge zwischen den Schubladenschränkchen, die ich zu einem Viereck zusammengeschoben habe – mit Zwischenraum, hindurchzuschaun, in diesem Fall, hindurchzurennen – und über denen eine große Holzplatte liegt. Das ist mein Schreibtisch. Schlumpel findet dieses Labyrinth faszinierend, einmal, weil sie darin herumtoben kann, und dann, weil in den schmalen Gängen zwischen besagten Schränkchen sich einiges angesammelt hat, heruntergefallene Radiergummis, Bleistifte, die sie gern vor sich herrollt, Hustengutsel, Streichholzschachteln, ich komme mit dem Staubsauger nicht in die schmalen Gassen, und wenn was runterfällt – also mir liegt das erst mal gut.

So war's auch heute. Während Schlumpel wie wild herumfuhrwerkte, setzte ich mich auf meinen Schaukelstuhl. Aber das gefiel ihr überhaupt nicht, denn eigentlich hätte ich jetzt um den Schreibtisch herumlaufen, in die Hocke gehen oder mich gleich ganz auf den Boden legen, in jede Gasse hineinschauen und fragen müssen: »Wo ist denn meine Schlumpel? Eben war sie noch da – oder dort – ja, wo steckt sie denn? Ja, wo läuft sie denn?« Und dann hätte sie irgendwo die Pfote herausgestreckt und blitzschnell wieder zurückgezogen, oder mir eine ans Bein gefetzt, wenn ich vorbeigegangen wäre, oder sie hätte ein dumpfes Fauchen ausgestoßen, und ich hätte dieses Fauchen orten müssen – »ja, wo faucht sie denn?« – und dieses Spielchen – es ist immer dasselbe – hätten wir eine Zeitlang getrieben. Irgendwann wäre sie herausgekommen, hätte sich vor mich hingesetzt, damit ich sie auf den Arm nehmen und in ihr Körbchen tragen konnte.

Aber ich saß nur da, schaukelte und gähnte, gähnte und schaukelte.

»Du suchst mich ja nicht!« Schlumpel mußte sich gerade am äußersten Ende des Labyrinths befinden.

»Weil ich müd bin«, sagte ich. »Sogar die

Gähnerei strengt mich an. Ich hab heute den ganzen Gartenabfall gehäckselt, das Gehäckselte im Schubkarren zum Kompost gefahren und dort abgeladen. Und das dreimal. Dann hab ich mit der großen ausziehbaren Baumschere den verblühten Flieder abgeschnitten. In vier Metern Höhe.«

»Warum?«

»Damit er nächstes Jahr wieder schön blüht.«

»Tut er das sonst nicht?«

»Doch. Er blüht seit zwanzig Jahren jedesmal sehr schön.«

»Warum machst du's dann?«

»Weil sie neulich im Fernsehen gesagt haben, sonst blühe er nicht. Dann hab ich die Rosen nicht gespritzt, die Schnecken nicht vergiftet, das Gartenhäuschen nicht aufgeräumt, die Tomaten nicht mit Hühnermist gefüttert und die Rosen nicht entlaust. Drum bin ich völlig erschöpft und ginge gern ins Bett, was ich leider nicht kann, weil irgendwer hier herumtobt und offenbar immer munterer wird, im Gegensatz zu mir.«

Eine Minute lang Totenstille.

Dann: »Hier liegt was. Eins von den Glitzerdingern, die du manchmal an deine Ohren klemmst.«

»Laß es liegen. Die Dinger drücken unverschämt, die tun meinen Ohren nur weh.«

In den Gängen rumorte und raschelte es. »Da

ist was Rundes, Glattes, damit klebst du die Briefe zu, wenn sie mit Spucke nicht halten.«

»Das ist die Rolle Tesafilm, die ist neulich spurlos verschwunden. Kick sie mal raus!«

Der Tesafilm kullerte vor meine Füße. Das Geraschel kam näher und entfernte sich wieder.

»Und da ist eine tote Muck. Und noch eine.«

»Laß sie ruhen in Frieden. Und mich auch.«

Schlumpel kroch aus dem Labyrinth, umrundete zweimal ihr Körbchen und bestieg es. Sehr langsam. Ließ sich nieder. Räkelte sich. Richtete sich wieder auf, drehte sich auf die andere Seite, legte den Kopf auf den Rand des Körbchens, schleckte sich die Schnauze. »Hab sie gefressen, die Muck.«

»Wie hat sie geschmeckt?«

»Muckig. Nur ein bißchen trocken. Mag Konrad Mucken?«

»Der mag lieber süßen Reisauflauf mit Apfelmus.«

Schlumpel gähnte. »Gestern nacht war er hinter ihm her. Wie wild.«

»Wer war wie wild hinter wem her?«

»Konrad. Hinter dem gestiefelten Kater. Stiefel her! hat er gebrüllt, mit sehr lauter und sehr schrecklicher Stimme, ich frier an den Zehen. Da bin ich auf seinen Kopf gesprungen und hab ihn gekratzt, und er hat noch mehr gebrüllt, und auf einmal hat er nicht mehr gebrüllt. Konrad war –«

»Hin? Du hast ihn umgebracht! Mußte das sein?«

»Nix umgebracht. Nur ein bißchen gekratzt. Und dann bin ich aufgewacht.«

»Daß Konrad zwar fern von uns, aber noch unter uns weilt, wenn auch zerkratzt, freut mich doch sehr. Ihn bestimmt auch. Und dann?«

»War ich ganz erschöpft und hab mich ein bißchen hingelegt. In sein Bett. Da ist viel Platz. Unten im Bett sind Socken.«

»Die hab ich ihm geschenkt. Weil er so oft kalte Füße hat.«

»Drum war er ja auch hinter den Katerstiefeln her. Die sind innen nämlich schön warm. Seine nicht. Oben friert er bestimmt auch. Weil er ja nur noch ein paar erschütterte Haare hat. Ich hab ihm einen Floh dagelassen. Damit er sich freut.« Meine Katze sah mich mit großen Augen und vorgestellten Ohren erwartungsvoll an. »Erzähl noch was. Von einer Katz und einem Kater.«

»Also«, sagte ich, »der Kater –«

»Falsch!« sagte Schlumpel. »Es war einmal. So fängt's an.«

»Es war einmal ein Kater, der war sehr befreundet mit einer Katze.«

»Wie sehr?«

»Innig«, sagte ich.

»Sag, wie die Katz aussieht!«

»Roter Pelz, grüne Augen. Hinten Rutschsokken.«

»Und der Kater?«

»Schwarz. Abends hockten sie oft nebeneinander und betrachteten den Mond.«

»War er satt, oder hat er Hunger gehabt?«

»Der Kater?«

»Der Mond.«

»Der Mond war satt, und daher rund und schön.«

»Wie ich«, sagte Schlumpel zufrieden.

»Und während der Mondbetrachtung wurde den beiden Katzen so, ja wie wurde ihnen denn?«

»Innig«, sagte Schlumpel. »Und gelb. Also inniggelb. Ist doch klar.«

»Mondklar«, sagte ich. »Und sie sangen das Lied vom Mond, der aufgegangen.«

»Sing mal!« befahl Schlumpel, und ich sang ihr das ganze Lied vor. Ich weiß nämlich, im Gegensatz zu allen großen und kleinen Leuten, die ich kenne, sämtliche Strophen dieses wunderschönen, allerdings, weil einem deutschen Dichter eingefallen, als provinziell, unmodern und sehr unzeitgemäß geltenden Liedes. Hätte ein amerikanischer Dichter es auf amerikanisch gedichtet, fänden die Leute es modern, zeitgemäß und global, womöglich sogar cool oder geil, und es wäre vermutlich in aller Munde. Das wollte ich schon immer mal gesagt haben.

»Weiter!« Schlumpel vergrößerte ihre Augen.

»Da kam ein Maler vorbei, der auch ein großer Mondbewunderer war, zudem ein Bewunderer von Katzen, weshalb er ein Bild von den dreien malte: dem Mond, der Katze und dem Kater.«

Schlumpel verlangte, er solle den Mondbedichter dazumalen.

Nachdem das Bild noch um den Mondbedichter bereichert worden war – Herr Claudius lehnte sinnend an einem Baumstamm –, erzählte ich weiter: »Der Maler nannte das Bild ›Zwei Katzen und ein Dichter in Betrachtung des Mondes‹.«

»Und Bedichtung und Besingung«, sagte Schlumpel.

»Stimmt. Er nannte es also ›Zwei Katzen und ein Dichter in Betrachtung, Bedichtung und Besingung des Mondes‹.«

»Da fehlt was«, sagte Schlumpel. »Innig.«

»Also noch mal: ›Zwei Katzen und ein Dichter in inniger Betrachtung, Bedichtung und Besingung des Mondes‹. Ein sehr romantisches Bild. Es hängt heute in einem berühmten Museum. Wenn es keiner geklaut hat, hängt es heut noch dort. Und jetzt wird geschlafen.«

Schlumpel streckte mir den Kopf hin. »Heut war mein allerschönster Lebenstag.«

Ich strich dreimal über ihre Nase, ganz leicht,

und die Schlumpelaugen fielen zu. Auf Zehenspitzen schlich ich zur Tür.

»Was hat er denn gesehen?« fragte Schlumpel.

»Wer?«

»Der Mondmann. Der auf dem Mond wohnt. Der hat doch runtergeguckt.«

»Ewas sehr Schönes. Zwei Katzen sowie einen Dichter und einen Maler in Betrachtung, Bedichtung, Besingung und –«

»Und Bemalung des Mondes«, sagte Schlumpel. »Sehr innig.«

»So ist's. Und dann sind alle ins Bett gegangen.«

»Der Mond auch?«

»Der legte sich auf eine dicke weiche Wolke und schlief in Nullkommanix ein.«

Ich lag im Bett, mummelte mich fest in die Decke und drehte das Gesicht dem Fenster zu. In der Birke hing ein dicker, satter, runder Mond, er lachte mich an und sang, die ganze liebe lange Nacht hindurch. Ein wunderbares Lied. Sehr romantisch. Das *Lied von der Erde und von zwei Katzen.* Merk es dir gut, sagte ich zu mir, dann kannst du es morgen Schlumpel vorsingen, sie wird ihren Kopf an deiner Schulter reiben und glücklich sagen, das sei ihr allerlebensschönstes Lied.

Aber am nächsten Morgen war das Lied ebenso weg wie der Mond.

Komm, geliebte Katze!

Konrad schaute kurz vorbei und blieb ein paar Tage. Schlief morgens bis zehn, lag im musikalischen Sessel und hörte zu, wie Clara Haskil, Vladimir Ashkenazy und Alfred Brendel nacheinander für ihn Köchelverzeichnis 271 spielten, worauf er ihnen sagte, wer es am besten gemacht hatte. Befestigte dann das Rankgitter an der Mauer, der wilden Rebe zulieb, belehrte mich, wie man Radieschen stupft, und stupfte sie dann doch eigenhändig, weil keiner so gut wie er Radieschen stupfen kann, das sagt er selbst.

Schlumpel war das zuviel Konrad. Am ersten Tag ließ sie sich nicht blicken, am nächsten beäugte sie ihn mißtrauisch auf Schritt und Tritt unterm Goldregenbusch hervor, am dritten pinkelte sie neben ihr Katzenklo, lief mit besonders dreckigen Pfoten über sein Auto, und ich sagte, es müsse etwas geschehen, so gehe es nicht weiter.

Schlumpel war auch für Gehen, meinte aber Konrad. Und zwar so weit weg wie möglich.

»Aber ich hänge an Konrad.«

»Er oder ich«, sagte Schlumpel. »Ich bin für mich.«

Immer, wenn du glaubst, es geht nicht mehr, kommt von irgendwo ein Lichtlein her, so schrieben wir einander einst ins Poesiealbum. Ein wahrhaft dämlicher Spruch. Aber auch an dämlichen Sprüchen ist was dran. Das Lichtlein kam.

Konrad hatte eingekauft – wenn Konrad einkauft, bringt er zwar mit, was ich auf den Einkaufszettel geschrieben habe, aber das ist nicht alles, er kriegt einen Großzügigkeitskoller und schleppt auch den orangigeren Orangensaft an, die schokoladigere Schokolade, die gefüllteren Kekse, als Vorrat, wie er sagt, damit was Anständiges im Haus ist, wenn er wiederkommt und wenn es ihn überkommt. Aber dann ist nichts im Haus, wenn er wiederkommt, weil er alles vorher verputzt hat und neue süße Hamstervorräte anlegen muß, in einem Versteck, das, wie er glaubt, nur er kennt.

»Hier!« Er drückte mir etwas Eingewickeltes, Weiches in die Hand.

Ich roch daran, wickelte es aus. »Lachs! Fein! Stell mal den Weißwein kühl, willst du ihn gegrillt oder gedämpft, mit Dillsoße oder pur mit einem Stückchen Butter?«

»Leicht gedämpft«, sagte Konrad, »mal gucken, wie sie guckt.«

»Wie wer guckt?«

»Schlumpel.« Er drückte mir ein zweites Päckchen in die Hand. »Für dich. Rollmops.«

Ich mochte keinen Rollmops, aber Schlumpel mochte Lachs, besonders leicht gedämpft.

Konrad rieb sich die Hände. »So kriegt man die Frauen rum«, sagte er. »Geht halt doch durch den Magen, die Liebe. Bald hab ich sie.« Und zu Schlumpel sagte er: »Von mir für dich! Na, was sagst du?«

»Der Mensch denkt, die Katz lacht«, sagte Schlumpel und beleckte ein Lachsstückchen.

»Was hat sie gesagt?« fragte Konrad. »Ich versteh sie doch nicht. Das macht mich richtig nervös.«

»Womöglich liegt es daran, daß du noch nicht zivilisiert genug bist. Guck nicht so empört, das ist nicht von mir, sondern von George Bernard Shaw. Der sagt: *Der Mensch ist erst dann als zivilisiert zu betrachten, wenn er die Katze versteht.* Hab ich aus dem Katzenlexikon von Frau Bulla. Da stehen viele gescheite Sachen drin.«

»Hältst du dich für zivilisierter als mich?« fragte Konrad kühl.

»Ich kann Schlumpel verstehn, weil ich aus einem Katzenschwanz gemacht bin. So was verbindet ungemein. Und es erleichtert sehr die Kommunikation.«

Konrad starrte mich entsetzt an.

»Damals, im Paradies. Ich übersetz deine Worte

mal.« Ich deutete auf ihr Schüsselchen. »Von dem da« – ich deutete auf Konrad – »für dich.«

Schlumpel hielt im Fressen inne und sah ihn mißtrauisch an. Vermutlich hielt sie den Lachs für vergiftet.

»Er wollte dir eine Freude machen. Als Zeichen seiner stetig wachsenden Zuneigung zu dir.«

»Ich«, sagte Schlumpel kühl, »neige ihm nicht zu.« Neigte sich über das Tellerchen und nahm einen großen Happen.

»Er kann es nicht ertragen, wie sehr du ihn mit Verachtung strafst. Weil er sonst glaubt, er wirke nicht mehr auf Frauen.«

»Der soll weg. Man guckt einem nicht beim Essen zu.«

»Du sollst ihr nicht beim Essen zugucken«, sagte ich zu Konrad.

»Warum nicht?«

»Sie sagt, das stört.«

»Ungemein«, sagte Schlumpel mit Nachdruck.

»Was sagt sie?« fragte Konrad.

»Sie sagt, deine Zuguckerei störe ungemein.«

»Aber ich guck ihr doch nichts weg.«

»Es reicht, wenn er guckt«, sagte Schlumpel.

»Sie sagt, deine Guckerei reicht.«

»Aber dir guck ich doch auch beim Essen zu«, sagte Konrad. »Und du mir. Sag ihr das.«

Ich sagte es ihr.

Schlumpel fand, das sei was anderes. »Ja, wenn er ein richtiger Kater wär – aber er ist ja nicht mal ein richtiger Kater. Bloß so ein Menschenkater. Sag ihm das.«

»Sie ist der Meinung«, sagte ich, »du seist nicht mal ein richtiger Kater. Nur so ein bedauernswerter Menschenkater oder Katermensch.«

»Sie frißt wie ein Scheunendrescher«, erklärte Konrad. »Sehr unelegant. Brockelt herum. Im Schnurrbart hängt ein Lachskrümel. Eine Schmuddelkatz eben.«

»Neulich hat er das Messer abgeschleckt«, sagte Schlumpel. »Ich hab's genau gesehen. Er ist nachts in die Küche geschlichen und hat sich ein Leberwurstbrot geschmiert mit sehr wenig Brot und sehr viel Leberwurst – und dann noch Senf obendrauf!«

Ich übersetzte.

»Alte Petze!« rief Konrad empört. »Wie sie dahockt! Und dieser rosa Lappen, der ihr aus dem Maul hängt!«

»Meine Schlumpel hat kein Maul«, sagte ich, »sie hat ein Schnäuzchen. Und eine sehr hübsche rosa Zunge.«

»Ich tät mich schämen, mit so einem mickrigen Schnurrbart«, sagte Schlumpel kühl. »Wer nur auf zwei Beinen laufen und sich nicht mal zwischen den Zehen schlecken kann, der soll den Mund halten.«

Und Konrad: »Als ich heute morgen mal ausschlafen wollte, ist sie stundenlang mit Holzschuhen rumgerannt. Und dann ist sie mit ihren Dreckpfoten auf meinen Sessel –«

Und Schlumpel: »Aus seinem Schlappen guckt vorne ein Zeh raus.«

Konrad: »Solche Leute haben keinen Lachs verdient.« Er wollte das Schüsselchen wegziehen.

»Pfoten weg!« Schlumpel schmierte ihm eine und vertilgte eilig den Rest.

»Tut's weh?« fragte ich Konrad, der sich den Finger leckte.

Er hielt die Hand anklagend hoch. »Aus mir läuft schon wieder Blut!« sagte er vorwurfsvoll und: »Das ist keine Katze, das ist ein Vampir.«

Schlumpel hatte das aus Konrads Finger herausgelaufene Blut – es waren zwei Tröpfchen – aufgeleckt und schaute hinauf, ob noch was käme.

»Mahlzeit!« sagte ich, und sie wankte zur Tür hinaus, weil sie mit ihrem vollen Ranzen nicht mehr aufs Fensterbrett hinaufkam.

»Der Finger muß wohl amputiert werden«, vermutete ich. »Aber ich mag dich auch ohne ihn. Neun reichen durchaus.« Und klebte wieder mal ein Pflaster drauf. Immer, wenn Konrad seinen Besuch bei uns ankündigt, kaufe ich eine Großpackung.

Am nächsten Morgen stand Schlumpel erwartungsvoll vor ihrem Schüsselchen. *Ente mit Perlhuhn* wollte sie aber nicht. Sie machte unverkennbar ein Lachs-Gesicht.

»Da hast du dir was eingebrockt«, sagte ich, »und mir auch. Die denkt natürlich, das geht so weiter.«

»So geht's nicht weiter«, sagte Konrad, »Lachs gab ich für Liebe, und was bekam ich? Hiebe!«

In Konrad steckt nämlich ein Dichter.

»Betör sie mit was Billigerem«, riet ich. »Und laß bloß nicht nach. Jakob hat sieben Jahre um Rahel gedient, dann hat sie ihn erhört.«

So lange dauerte es gottlob nicht. Konrad, in der sicheren Annahme, ich würde Schlumpel seinetwegen wohl kaum abschaffen, kaufte im Supermarkt Katzengutsel in zwei Geschmacksrichtungen, einmal pikant (grün) und einmal superpikant (rosa), wahrhaft schauerliche Stinkbomben, und versuchte wiederum sein Glück. Und Schlumpel, in der ebenso sicheren Annahme, ich würde Konrad ihretwegen nicht in die Wüste schicken, und als die sowieso eindeutig Klügere, schwenkte ebenfalls um. Ich hatte auch den leisen, aber begründeten Verdacht, sie finde, als humorbegabte Katze, langsam Gefallen an Konrad wegen seines beträchtlichen Unterhaltungswertes. Und außerdem schwante ihr wohl, er sei eine Art männliche

Kuh, die dauerhaft und leicht zu melken sei. An diesem Abend nahm sie von ihm gnädig drei Katzengutsel und ließ sich von ihm sagen, sie sei die allerschönste, und so was von einer Katz kriege man selten zu sehen, eigentlich nie, und er bedaure zutiefst, nur ein Menschenkater zu sein und kein richtiger. Eine Stunde später, als ich ins Zimmer kam, ganz leise, weil ich Konrad nicht stören wollte, der hörte gerade die siebenunddreißigste Interpretation der Goldbergvariationen, ließ ich fast das Tablett mit dem Geschirr fürs Abendbrot und den Rollmöpsen fallen.

Konrad lag im musikalischen Sessel, die langen Beine lang ausgestreckt auf einem Stuhl, die Dekke über den Beinen, und auf seinem Schoß, zusammengekringelt, Schlumpel, die ihm den dick verbundenen Finger schleckte. Aus plötzlich erwachter Zuneigung, wie Konrad behauptete, vielleicht roch der Finger aber auch noch ein bißchen nach Blut.

»Sie mag Bach«, teilte Konrad mir erfreut mit. »Die Moderne mag sie aber weniger, Rihm überhaupt nicht. Ich hab's ausprobiert. Rihm bringt sie zum Jaulen.«

»Mich auch«, sagte ich.

»Haydn scheint ihr zu liegen, und beim langsamen Satz von Köchelverzeichnis 271 hat sie geschnieft.«

»Tatsächlich? Da schniefe ich auch. Offenbar haben Schlumpel und ich den gleichen musikalischen Geschmack.«

»Tolle Katze. Hat ihr Großvater ebenfalls –?«

»Der war eher ausübender Musiker. Hat großartig gesungen, sehr ausdauernd, allerdings nicht zu jedermanns Freude.«

Dann war es zu Ende mit Bach, und die Ansagerin teilte uns dreien mit, der Pianist habe auf einem der hochberühmten Goldbergflügel gespielt, weshalb man diese Variationen auch die *Goldbergvariationen* nenne. Die Ansagerinnen und Ansager sagen immer öfters solche putzigen Sachen, weshalb Konrad, das ist so seine liebe Art, seine Stimme schärfte und gleich beim Sender anrief und ganz ruhig und bescheiden sagte, dem sei nicht so, dem sei anders, Goldberg sei kein Flügel, sondern, nach letztem Erkenntnisstand, ein Musiker, der diese Variationen einem hohen Tier vorspielen mußte, weil dieses Tier nicht einschlafen konnte, und was die Ansagerin da von sich gegeben habe, sei ein Hammer. Dann schnauzte ihn der Redakteur vom Dienst an und war beleidigt, daß überhaupt einer zugehört hatte, wovon sie nämlich beim Sender nicht ausgehen.

»Entschuldige dich!« riet ich Konrad, der jedoch den Hörer hinknallte, was Schlumpel so erschreckte, daß sie vom musikalischen Sessel heruntersprang, sich platt wie einen Pfannkuchen machte und unter die Truhe kroch, unter der schon ihr Großvater Gewitter abzuwarten pflegte.

Nun entschuldigte Konrad sich doch, aber bei Schlumpel, legte sich lang auf den Fußboden und lockte sie dadurch wieder ans Licht, daß er den Weinkorken, den er an eine Schnur gebunden hatte, vor ihr hin- und herzappeln ließ, wobei er ihr folgenden wunderschönen Kanon vorsang, allerdings nicht als Kanon, weil er ja alleine sang: »Kohomm, ko-homm, komm ge-lieb-te Ka-tze! Kohomm, ko-homm, reich mir dei-ne Ta-tze!«

Diesem Gesang konnte Schlumpel ebensowenig widerstehen wie die wilden Tiere einst dem des Orpheus, sie kam unter der Truhe hervor, erledigte den Korken, der auf einer Flasche *Ihringer Käsleberg* gesessen hatte; den trinken wir jetzt, weil der Rioja zu teuer geworden ist und weil Schlumpel die besseren Büchsen kriegt, die seit dem Euro doppelt so viel kosten wie zuvor, obwohl nichts Besseres drin ist. An der Katze spar ich nicht. Dann reichte sie Konrad, wie Zerlina dem Don Giovanni, voll Anmut ihre Tatze, die dieser länger als nötig in seiner Tatze hielt, meine Tatze hält er nie so lang. Den Rest des Abends saß meine Schlumpel auf seinem Schoß und ließ sich bei spanischer Gitarrenmusik von ihm ohne Gezeter eine dicke, vollgesoffene Zecke aus dem Fell herausdrehen.

Es weihnachtet sehr

Das tut es zwar alle Jahre wieder, aber für meine Katze weihnachtete es zum ersten Mal. Für Konrad und mich zum zweiundneunzigsten Mal, aber wie sich das aufteilt, sag ich nicht.

Eines Abends lehnte jemand groß und grün an der Mauer neben der Haustür, neugierig umtänzelt von Schlumpel.

»Wo kommt der denn her?«

»Das ist ein Christbaum, den hab ich heut morgen auf dem Weihnachtsmarkt in Höchenschwand gekauft, hab ihm gesagt, wo unser Haus ist, und nun steht er da.«

»Da hat er aber lange gebraucht.«

»Er hat ja auch nur ein Bein.«

»Was will der hier?«

»Er will ins Zimmer und geschmückt werden. Morgen. Am Heiligen Abend.«

»Ich kratz ihn ein bißchen«, sagte Schlumpel, »dann freut er sich.« Und sie wetzte ihre Krallen an ihm.

»Jetzt muß ich wieder in die Küche, Kartoffelsuppe kochen.«

»Ich auch«, sagte Schlumpel. In der Küche sprang sie auf die Sitzbank, ließ sich von mir das Kissen mit der draufgestickten Katze bringen, nahm auf der Katz Platz, und das Verhör ging weiter. »Wieso ist morgen ein Heiliger Abend?«

»Weil da der Christbaum angezündet wird.« Ich gab die gewürfelten Kartoffeln in die Brühe, dazu ein Lorbeerblatt, sehr fein geschnippelte Gelberüben, Sellerie und Lauch.

»Dann ist er hin«, sagte Schlumpel nicht zu Unrecht.

»Ich meine natürlich, nicht der Christbaum wird angezündet, sondern die Kerzen.«

»Wer ist denn nun heilig?« fragte Schlumpel, »der Morgen, der Abend oder der Baum?«

»Heilig«, sagte ich, »ist eigentlich nur das Kind in der Krippe, die unter dem Christbaum stehen wird.« Nun kam getrockneter Majoran dazu und eine Spur Knoblauch, aber nur so viel, daß Konrad es nicht merken würde.

Schlumpel verlangte, dieses Krippenkind zu sehen. Und zwar sofort.

»Geht nicht. Weil es erst morgen kommt.«

»Woher?« fragte Schlumpel.

»Vom Speicher. Ich mein, vom Himmel hoch – nein, der vom Himmel hoch ist ja –«

»Konrad?«

»Der kommt mit dem Auto. Vom Himmel hoch kommt der Engel.«

»Was für ein Engel?«

»Ein himmlischer. Sonst könnt er doch nicht vom Himmel hoch daherkommen.«

»Der manchmal mit dem Pfarrer ›Malefiz‹ spielt und den Würfel frißt und bescheißt?«

»Der nicht. Engel gibt's jede Menge. Ich mein den, der den Hirten sagt, daß das Kind in der Krippe liegt. Dann laufen die Hirten los.« Die Suppe köchelte vor sich hin.

»Nach Oberweschnegg?«

»Nach Bethlehem im Heiligen Land.«

»Das ist auch heilig?«

»Heute nicht mehr besonders. Aber damals war es das. Als das Kind in der Krippe lag, was der Engel den Hirten verkündigte.«

»Was hat er denn so gesagt?« fragte Schlumpel.

»Friede auf Erden!«

»Und? Stimmt's?«

»Nein.«

»Dann war das ein Lügen-Engel.«

»War er nicht.«

»Vielleicht war er zu leis? Oder es haben's nicht alle gehört? Oder weggehört?«

»So wird's wohl sein«, sagte ich. »Riecht fein, die Suppe, was?«

»Aber wo liegt das Kind denn nun herum? Auf unserem Speicher oder in diesem Bettel –?«

»Das Kind«, erklärte ich, »liegt öfters herum. Einmal bei uns in Oberweschnegg, und bei vielen anderen Leuten auch noch.«

Schlumpel sah mich an, als halte sie mich für nicht ganz gebacken, was ich sogar verstehen konnte, weshalb ich, in der Absicht, sie weiter aufzuklären, noch tiefer in die Bredouille geriet und in einen Kreisverkehr, aus dem ich nicht mehr hinausfand.

»Unser heiliges Kind«, sagte ich, »ist nicht echt. Es ist aus Holz und ein Familienerbstück. Maria und Josef – das sind seine Eltern – auch. Das echte Kind gab's nur einmal, und dieses einmalige Kind lag damals in der Krippe. In Bethlehem.«

»Woher weißt du das? Auch vom Engel?« fragte Schlumpel.

»Ich unterhalte mich grundsätzlich nicht mit Engeln. Weil ich, wie ich dir schon einige Male erklärt hab, nicht an sie glaube.«

»Warum nicht?«

»Weil es keine gibt.«

»Aber der auf dem Speicher? Gibt es den auch nicht?«

»Doch, den gibt es.«

»Ist der heilig oder nicht heilig?«

»Der ist aus Holz. Daß es den gibt, muß ich

nicht glauben, das weiß ich, weil ich ihn selbst in Seidenpapier eingewickelt und in der Kiste verstaut hab, wo *Weihnachten* draufsteht.« Ich pürierte die Suppe mit dem Mixstab, bis sie schön sämig war, dann schaltete ich den Herd aus. Suppe fertig. Muß dann nur noch aufgewärmt werden.

»Und den damaligen richtigen Engel, der nicht aus Holz ist, und heilig?«

»Den richtigen, nicht hölzernen Engel gibt es nicht. Ich mein, für mich nicht. Unfromme Leute glauben nicht an Engel. Und jetzt muß ich den Rollschinken in Blätterteig einwickeln. Den gibt's morgen abend zum Essen.«

»Ist der dann ein Heiliger Rollschinken?«

»Es gibt keine Heiligen Rollschinken.«

»Glaubt Konrad an Engel?«

»Konrad ist noch unfrommer als ich. Wir sind«, sagte ich seufzend, »alle beide aufgeklärte Menschen.«

»Warum seuf – warum tust du seufzen? Weil Konrad auch unfromm ist? Und aufgeklärt?«

»Weil der Blätterteig am Backbrett klebt. Wir leben im einundzwanzigsten Jahrhundert, dazu noch im dritten Jahrtausend.«

»Und das mag keine Engel?«

»Nur in Form von unzähligen, sich ständig vermehrenden Büchern über Engel, wobei man heute besser von Engelinnen und Engeln spricht, sonst kriegt man es mit den Feministinnen zu tun.«

»Aber warum gibt es Engelsbücher, die sich vermehren, wenn kein Schwein an Engel glaubt?«

»Ich vermute«, sagte ich, »daß die Menschen schon gern an Engel glauben würden, aber sie trauen sich nicht mehr.«

»Warum nicht?«

»Weil wir so aufgeklärt sind, zum Donnerwetter. Wir glauben nicht mehr dran, aber das, woran wir nicht mehr glauben, finden wir immer noch sehr schön. Drum haben wir Heimweh danach. Und es tut uns sehr leid, daß wir's nicht mehr glauben können. Oder dürfen. Oder sollen. Oder wollen.«

»Dir auch?«

»Ich muß den Schinken – den unheiligen – bevor ich ihn in den Blätterteig einwickle, erst noch mit Senf bestreichen. Du kriegst auch ein Stückchen. Wenn du die Schnauze hältst.«

Nachdem Schlumpel ihrer Meinung nach lange genug die Schnauze gehalten hatte, schleckte sie sich dieselbe. »Fein, dein unheiliger Schinken. Woher weißt du das von dem Kind und dem Engel und den Hirten?«

»Man hat mir davon erzählt.«

»Und woher wissen die das, die dir's erzählt haben?«

»Von jemand, der es ihnen erzählt hat.«

»Und woher –«

»Die Geschichte von dem Kind und dem Engel und den Hirten«, sagte ich, energisch und um die Sache abzukürzen, »gehört zu den großen Überlieferungen der abendländisch-christlichen Menschheit. Die muß man kennen, aber nicht glauben.« Ich stellte den Blätterteigschinken in den Kühlschrank. »Und jetzt back ich eine Linzertorte.«

»Für die Hirten? Weil die so lang herumgelaufen sind?«

»Die Linzertorte«, sagte ich gereizt, »ist nicht für die Hirten.«

»Mögen die keine?«

»Das ist mir wurscht. Sollen sie doch Schafskäse essen. Die Linzertorte ist für Konrad und für mich gedacht.«

»Wie schmeckt eine gedachte Linzertorte?« fragte Schlumpel. »Also ich mag keine gedachten Mäuse. Nur richtige. Was machen die Hirten, wenn sie beim Kind sind und keine Linzertorte kriegen, obwohl ihr Magen knurrt?«

»Sie gucken es an.«

»Warum?«

»Weil es ein besonderes Kind ist. Das Kind von Maria und Josef. Und das vom lieben Gott auch noch dazu.«

»Versteh ich nicht«, sagte Schlumpel. »Verstehst du das?«

»Nein«, sagte ich.

»Versteht Konrad es?«

»Der erst recht nicht. Drum sind wir ja auch nicht fromm.«

»Was macht es denn in der Krippe, das Kind?«

»Es liegt halt drin. Ich vermute, es lutscht am Daumen. Oder es macht in die Windeln. Rechts steht der Ochs, links der Esel.«

»Die du geerbt hast?«

»An meiner Krippe stehen der geerbte Ochs und der geerbte Esel, beide aus Holz. Damals standen echte Tiere an der Krippe.«

»Und die haben das kapiert mit dem Kind, das vom lieben Gott ist und von der Maria auch und dazu noch vom Josef?«

»Vielleicht besser als Konrad und ich.«

»Weil sie auch heilig gewesen sind?«

»Wenn ich Linzertorte backe, darf man mich nicht stören«, sagte ich, »sonst verwechsle ich Salz und Zucker, Vanille und Zimt, Linz und Graz, und dann ist das keine Linzertorte mehr.«

»Ich stör dich nicht«, sagte Schlumpel, »ich will nur wissen, wie das ist mit dem heiligen Kind und all dem Engelszeug und so. Find ich interessant. Wo hat sie's denn gekriegt, die Maria?«

»In einem Stall.«

Den Stall fand Schlumpel gar nicht so schlecht. »Da riecht's immer gut. Und warm ist's auch. Und der Ochs und der Esel, wo du nicht weißt, ob die auch heilig sind, haben's nicht so weit gehabt, weil sie schon dagewesen sind. Wieviel Junge hat sie denn im ganzen gekriegt?«

»Eins«, sagte ich.

»Was? Nur eins?« Schlumpel fand das bescheiden. »Jede Katz kriegt mehr.«

»Maria«, sagte ich, »war nun mal keine Katze. Eins hat ihr gereicht.«

»Und das war heilig, das Kind?«

»So ist es. Ich meine, so sagt man.«

»Sind heilige Kinder besser als unheilige?«

»Wie man's nimmt. Heilige Kinder sind dafür bekannt, daß sie oft Ärger machen.«

»Hat er Flügel gehabt?«

»Der Knabe? Hat er nicht.«

»Ich mein doch den Engel.«

»Ach, den. Klar hatte der Flügel. Engel sind im allgemeinen schlecht zu Fuß.«

»Kann man Engel rupfen? Wie die Hühner von unserer Eierfrau?«

»Engel rupft man nicht.«

»Warum nicht?«

»Weil sich das nicht mit ihrer Würde verträgt. Unser Engel war groß, heilig und ehrfurchtgebietend. Der Glanz des Herrn umleuchtete ihn. Was ich sehr schön gesagt finde.«

»Aber du bist doch unfromm.«

»Ich find's trotzdem wunderschön.«

»Der Glanz war wegen der Kuhnacht da«, sagte Schlumpel überzeugt. »Sonst hätten die Hirten ihn ja nicht sehen können. Ich kann prima sehen, wenn's Kuhnacht ist. Mit dem Schnurrbart. Hat der Engel einen Schnurrbart gehabt?«

Das entzog sich meiner Kenntnis.

»Was hat der Ochs gesagt, als er das Kind gesehen hat?«

»Muh! Und der Esel Iah! Falls du das auch noch wissen willst.«

»Was hat der Josef gesagt, wo der doch einer von den Vätern ist?«

»Der Josef hat gesagt, jetzt reicht's aber. Das Kind braucht seine Ruh, und Maria auch. Und ich.«

»Meint er sich?«

»Jawohl. Und mich.«

»Der Josef?«

»Ich mein mich.«

»Warum brauchst du auch Ruh? Du hast es ja nicht gekriegt, das Kind.«

Ich verschob die Linzertorte auf den nächsten Tag.

»Was machst du jetzt?« fragte Schlumpel.

»Ich geh auf den Speicher und hol den Schmuck für den Christbaum. Und die Krippe. Und den Engel.«

»Hat der auch Flügel?«

»Seit drei Wochen. Stoffele, dein lieber Großvater, hatte ein bißchen mit ihm gespielt, weshalb Konrad sie ihm wieder ankleben mußte.«

»Aber Konrad glaubt doch nicht an Engel«, sagte Schlumpel. »Oder glaubt er nur an Engel mit abgegangenen Flügeln?«

»Konrad glaubt, wie ich, nicht an den damaligen, echten Engel. Nur an den geerbten.«

»Ich tät lieber an den echten glauben. Find ich viel einfacher. Ich glaub, ihr seid ein bißchen blöd. Ist mein Opa jetzt auch heilig?«

»Bestimmt nicht. Er hatte nix Heiligmäßiges an sich. Schon gar nicht, was seinen Namen anging.«

»Jetzt weiß ich alles über Engel«, sagte Schlumpel. »Jetzt reicht's. Ich geh ein bißchen raus.«

Nach einer Stunde war sie wieder da. »Du hast jemand vergessen.«

»Ich? Wen? Und wo?«

»Bei der Krippe.«

»Ausgeschlossen. Ich kenn das Personal.«

»Eine Katze.«

»Aber Schlumpel!« sagte ich.

»Eine mit Streifen, wie ich, aber grau.«

»Aha. Und woher weißt du das?«

»Von Miss Lizzy. Das ist eine sehr alte Katze. Sie wohnt vier Häuser weiter. Die hat mir doch mal das Paradies erklärt, und ich hab's dann wieder dir erklärt.«

»Ach, die. Und woher weiß sie das?«

»Von ihrer Oma. Und die von ihrer. Sie stammt nämlich von dieser Krippenkatze ab. Sie sagt, es war sehr gescheit von der Maria und dem Josef und dem lieben Gott, der der andere Vater ist, sich einen Stall mit Katze auszusuchen. Wegen der Mäuse. Der Esel hätt sie wahrscheinlich nicht gefangen, der Ochs auch nicht. Ohne Katz hätten sie's nicht ausgehalten. Die Mäuse hätten ihnen bestimmt die ganze schöne Linzertorte weggefressen, wenn sie die gekriegt hätten, aber sie kriegen ja nix davon, weil du sie ganz allein frißt. Mit Konrad. Das erzähl ich jetzt dem Seppi, dann ärgert der sich, weil es kein Kater gewesen ist.« Und sie zog wieder ab.

Am nächsten Morgen – dem Heiligen Abend – kam Weihnachtspost. Ein Brief, vielmehr eine Briefkarte, war besonders eindrucksvoll. Ich sah ein Bild, das Meister Bertram im fünfzehnten Jahrhundert gemalt hatte, einen Ausschnitt aus dem Buxtehuder Altar, und zwar die Geburtsszene. Hinter dem neugeborenen Kind guckte eine Tigerkatze hervor. Wer's nicht glaubt, der kaufe sich ein Buch über den Meister und sehe nach.

Mein Unglaube kam ins Wanken. Einer von beiden hat geschwindelt. Entweder gab es die Krippenkatze, und Lukas hat sie verschwiegen, vielleicht mochte er keine Katzen, oder er hatte eine Katzenallergie, und Meister Bertram hat sie, vielleicht auf Grund einer himmlischen Offenbarung und damit die Wahrheit ans Licht komme, gemalt. Oder es gab sie nicht, dann hat Lukas nicht geschwindelt und Meister Bertram hat den schwarzen Peter in Gestalt einer grauen Tigerkatze.

Wenn jemand mich fragt: Ich vertraue Meister Bertram.

Schillers Katze

Mach mal!« sagte Schlumpel.

Ich las gerade die Zeitung.

»Mach mal!« befahl Schlumpel etwas lauter, etwas energischer und klopfte mit dem Schwanz auf das Polster.

»Was soll ich machen, zum Kuckuck?«

Sie kriegte glänzende Augen. »Den großen Graus.«

»Den hatten wir erst gestern. Ist doch langweilig.«

»Nix langweilig«, sagte Schlumpel, »ich will mich grauseln.«

»Es muß, wenn schon, gruseln heißen.«

»Grauseln klingt gruseliger«, sagte Schlumpel. »Mach den großen Graus!«

»Aber warum bist du so wild darauf?«

»Weil's hinterher so schön ist.«

Schlumpel lag zusammengerollt in Konrads Musiksessel, in froher Erwartung dessen, was kommen würde. Denn es würde kommen, das wußte sie ganz genau. Sie kriegt mich immer rum. Er ist ja auch zu schön, der große Graus. Zu schrecklich. Zu schrecklichschön.

Ich legte die Zeitung weg. »Augen zu!«

Keine Katze läßt sich so was befehlen, aber in diesem speziellen Fall gehörte der Befehl zum Spiel. Schlumpel pfetzte die Augen zu, drückte den Kopf auf die Pfoten und versank auf der Stelle in Tiefschlaf. Als Zugabe schnarchelte sie sogar ein bißchen.

Ich schlich mich auf Indianerweise an sie heran, wohl wissend, daß sie mich hörte, daß ihre Ohren und Muskeln lauerten auf das, was nun – sehnlichst herbeigefürchtet –, kommen würde: Der Geier. Der Vogel Rock. Der Unhold. Das Ungetüm. Der Katzenfresser. Der große wilde Graus. Der geht leicht. Man hält einfach die hohle Hand über ihren Kopf und spreizt die Finger zur Kralle.

Schlumpel wußte genau, was ich tat, wußte, was über ihrem Kopf schwebte wie das Schwert des Damokles, legte ihre Ohren etwas zurück und zuckte mit der Schwanzspitze.

Ich bewegte mich nicht. Hielt still. Ließ die Stille dauern. Sie dauerte unaushaltbar lange.

»Jetzt lachen!« befahl die tief Schlafende.

Ich lachte laut, gefährlich, unheimlich.

Schlumpel fand es nicht überzeugend.

Ich gab mir mehr Mühe, steigerte mich, lachte

ein schreckliches Lachen, so schrecklich, daß es mich durchfuhr; ich schaute über mich, ob auch da droben etwas schwebte, eine größere Krallenhand, ein noch schrecklicherer Graus, der es auf mich abgesehen hatte.

Schlumpel, unersättlich, verlangte sehnlichst noch grauseligeres Gelächter.

Ich ging noch mehr aus mir heraus, erbrachte eine absolute Höchstleistung. Schlumpel duckte sich unter dem schrecklichen Gelächter und riskierte einen schnellen Blick auf das über ihr schwebende Ungetüm, dann zwickte sie gleich wieder die Augen zu. Ein Zittern lief über das Fell. Sie machte sich ganz klein.

Der große Graus zog in Zeitlupe einen Kreis über ihr.

Schlumpel verschwand fast in den Kissen.

Der große Graus krächzte. Heiser krächzte er und, der Alliteration wegen, hungrig. Dann stürzte er auf sie herunter, fing sich jedoch wieder, schraubte sich in die Höhe.

Schlumpel zitterte, was sie konnte.

»Jetzt!« krächzte der große Graus, »ich komm!« –

Schlumpel drehte sich auf den Rücken und streckte alle viere dem Graus entgegen. Der stieß auf sie herunter und zerwühlte ihr Bauchfell.

Schlumpel kreischte, fauchte, schlug nach ihm,

in den Augen wonniges Entsetzen. Der Graus stieß die schauerlichsten Laute aus, deren er fähig war. Schlumpel, ganz Begeisterung, ganz Entzücken, versuchte, dem Graus zu entkommen, aber nicht wirklich ernstgemeint, sie drehte und wendete und überkugelte sich, und dann biß sie den großen Graus tapfer und herzhaft in den Finger. Der jaulte auf. Sie sah mich erschrocken an und leckte das Blut von meinem Finger. Dann fing sie an zu schnurren. »Schön war's. Schrecklich schön. Furchtbar schrecklich schön. Heut war mein allerschrecklichschönster Lebenstag. Jetzt bin ich müd. Auch schrecklich. Ich geh ein bißchen unter.«

»Warum brüllt ihr so?« Konrad stand in der Tür.

»Wir brüllen aus dramaturgischen Gründen.«

»Und in meinem Musiksessel. Was habt ihr denn da veranstaltet?«

»Das Spiel aller Spiele«, sagte ich. »Es heißt: *Der große Graus.* Das spielen wir fast jeden Tag in immer neuen Fortsetzungen.«

Konrad schüttelte den vernünftigen Kopf. »So was Kindisches!«

Am nächsten Abend: Schlumpel lag im Musiksessel, vor ihr kauerte ein wahrhaft scheußlicher, schwarzgesichtiger, gehörnter Dämon, der hielt die

Klaue hoch über ihrem Kopf, die spitzen Krallenfinger gespreizt. »Ich komm!« brüllte der Schreckliche mit Konrads Stimme, »und wie ich komm! Ich, der große Konrad-Graus!«

Schlumpel kreischte vor wonnigem Entsetzen.

»Was soll das Theater?« fragte ich.

»Wieso Theater? Wir spielen das Spiel aller Spiele. Es heißt: *Der große Graus.* Sehr erfrischend und labend. Hinterher schnurrt sich's besonders gut.«

»Du kannst doch gar nicht schnurren.«

»Aber Schlumpel.« Konrads Hand wühlte in Schlumpels weichem Fell. Die quiekte. Schnurrte. Quiekte. Schnurrte. Was das Zeug hielt.

Und dann überfiel mich eine Erkenntnis. »Konrad«, sagte ich feierlich, »du bist ein Mensch geworden. Gratuliere!«

»Was sagst du?« Konrads Kralle schwebte erneut über Schlumpels Kopf.

»Ich sag's nur nach. Schiller sagt das. Kennst du Schillers Katze?«

»Schillers Katze? Ich kenn nur Schillers Werke. Laß uns in Ruh! Wir spielen.« Und er wiederholte auf Schlumpels Verlangen den großen Graus, diesmal eine Nummer schrecklicher, grausliger, geradezu wonniglich grauslig und sehr beeindruckend. Konrad ist richtig aufgeblüht, seit Schlumpel, ohne den Umweg über mich, das Wort an ihn richtet. Und, weil er sie versteht. Na ja, noch nicht ganz, er ist halt ein Spätberufener, aber seine Fortschritte sind beachtlich.

Ich schlich davon. Die teuflische Maske hatte ich mal auf einem Fastnachtsball getragen, er mußte sie auf dem Speicher gefunden haben.

Schillers Katze. Es hat sie gegeben, da bin ich ganz sicher. Die Literaturgeschichte unterschlägt sie und hat, weil nicht sein kann, was nicht sein darf, die Katze schamlos durch faulende Äpfel ersetzt, die der Dichter angeblich in seiner Schreibtischschublade hortete, um sich von ihrem Geruch inspirieren zu lassen. Erst dann habe die Muse ihn geküßt. Faule Äpfel! Lächerlich! Da muß doch was faul dran sein.

Ich bin nicht für faule Äpfel, ich bin für eine lebendige, nach Heu und Gras und Erde und Maus riechende Katze. Ich seh sie vor mir, wie sie sich auf des Dichters Bett herumfläzt, der Dichter wackelt mit den Zehen, sie setzt zum Sprung an oder starrt mit verzücktem Blick auf die über ihr schwebende Dichterhand, die aber keine Hand ist, sondern ein herrlicher großer, ein geradezu klassischer Graus. Ich hör sie quieken vor Wonne. Muzz, ich komm! brüllt der Dichter, ich, der große, berühmte, schreckliche Schiller-Graus! Die Hand stößt auf sie hernieder. Und dann schnurren sie alle beide, die Katz und der Schiller.

Hinterher geht die Katze ein bißchen mausen, der Dichter ein bißchen dichten. Er setzt sich an seinen heute noch zu besichtigenden Schreibtisch, greift zur Feder und schreibt in einem Zug die ›Briefe über die ästhetische Erziehung des Menschen‹, in denen ein paar so ausgezeichnete, so bemerkenswerte Sätze stehen, daß niemand mir weismachen kann, faule Äpfel hätten ihn dazu inspiriert. Es war eine Katze.

Die Freude am Schein, schreibt er, *die Neigung zum Putz und zum Spiele* machten den Wilden erst zum richtigen Menschen. Das kann ihn doch nur eine Katze gelehrt haben. Weiter: *Der Mensch spielt nur, wo er in voller Bedeutung des Wortes Mensch ist, und er ist nur da ganz Mensch, wo er spielt.*

Die Katze aber ist immer ganz Katze. In voller Bedeutung des Wortes.

Der letzte Satz ist nicht von Schiller, der ist von mir.

Hänschen, piep mal!

Konrad hielt mir einen Karton vors Gesicht und strahlte erwartungsvoll. »Rat mal, was ich da hab! Du glaubst es nicht.«

»Erst will ich's sehen, dann sag ich dir, ob ich es glaube oder nicht!«

»Ich werde es jetzt aufbauen, aber dabei störst du nur. Geh einkaufen. Wie wär's mit Hähnchen heut abend? Dazu Semmelknödel? Das hab ich mir verdient.«

»Wofür?«

»Für das, was ich jetzt zu tun gedenke. Ich brauch zwei Stunden Zeit.«

Als ich zurückkam, war das Werk vollendet. Konrad wischte sich den Schweiß von der Stirn, führte mich in die Küche, sagte: »Paß auf, daß du nicht über die Kabel fällst«, und: »Mein Gott, bist du ungeschickt«, und: »So lupf doch die Füße!« Geleitete mich dann zur hinteren Küchentür, die in den Garten führt, und öffnete sie langsam.

Auf einem in apartem Graugrün gestrichenen

Metallfuß war eine Art Kopf befestigt, aber ohne Gesicht. »Was will dieser Kopffüßler hier?«

»Das wirst du bald hören«, sagte Konrad stolz. »Er hat nämlich einen ganz besonderen Kopf. Einen mit Köpfchen, sozusagen.«

Ich fand den Kopf mit Köpfchen nicht so besonders. »Ich brauch keine Vogelscheuche.«

»Vogelscheuche? Das«, sagte, nein, verkündete Konrad, »ist ein auf den Fuß – oder die Haltevorrichtung – ganz wie du willst, geschraubter Bewegungsmelderkopf.«

»Und Gott sah, daß es gut war«, sagte ich.

»Was?«

»Du siehst aus, als läge dir das auf der Zunge.«

»Na ja«, sagte Konrad, »immerhin –«

»Das Ding bewegt sich aber kein bißchen.«

»Soll es auch nicht. Schlumpel bewegt sich.«

»Aber nicht hier. Die treibt sich mit irgendwelchen Katern herum und bringt ihnen unanständige Wörter bei.«

»Doch nicht ununterbrochen. Ab und zu kommt sie auch mal nach Hause, wenn sie Hunger hat oder Sehnsucht nach mir.«

»Und was soll dieser Kerl da?«

»Dieser Kerl«, sagte Konrad, den Kopf schüttelnd über meine Tumbheit, »meldet, wie ich schon erklärt habe, jede Bewegung.«

»Ich mag keine Petzer. Schlumpel kann sich bewegen, wo und wie sie will. Ich laß dich auch nicht überwachen.«

»Ja, verstehst du denn immer noch nicht? Aus unerfindlichen Gründen rennst du zu jeder Tag- und Nachtzeit dauernd zur Tür, um nachzuschauen, ob deine Katze davorhockt.«

»Nur, wenn sie länger weg ist, oder bei Sauwetter.«

»Aus ist's mit der Rennerei«, sagte Konrad. »Bewegt sich jemand vor dieser Tür, und zwar in einer Reichweite von fünf Metern, sieht der Kerl rot. Und zwar infrarot. Er reagiert auf alles, was sich bewegt und Wärme ausstrahlt. Sitzt Schlumpel vor der Tür, merkt er es.«

»Macht er ihr die Tür auf?«

»Er piepst.«

»Und was hab ich davon?«

»Du hörst drinnen im Haus sein Piepsen, weißt, aha, Schlumpel, und läßt sie rein. Piepst er nicht, sitzt keine Schlumpel da, und du brauchst nicht zu rennen. Was für eine Füllung kommt ins Hähnchen? Ich wär für Apfel und Salbei.«

»Aber wieso kann der piepsen?«

Konrad blickte erst zum Himmel, dann verdrehte er die Augen. »Also, ich erklär dir das mal. Ist ganz einfach. Der Kerl braucht natürlich Strom, drum hängt er an zwei Kabeln. Hier siehst du sie. Eins führt unter der Tür hindurch in die Küche zu der Steckdose neben der Brotschneidemaschine. Das andere Kabel« – er schleppte mich hinter sich her – »führt durch die Küche ins Wohnzimmer und ist mit dem Piepser verbunden. Das ist er.«

»Sieht aus wie eine kleine runde Pillenschachtel«, sagte ich.

»So! Und dieser Piepser wiederum ist verbunden mit einem Trafo – hier – der Trafo mit einer Dreifachsteckdose. Ich hab das so gemacht, weil sonst in der Küche zu viele Kabel auf einmal – du guckst doch nie, wo du hintrittst – und dir dauernd die Knöchel – deine Kabel, meine Liebe, waren natürlich alle zu kurz, weshalb ich sie mit Verlängerungskabeln –«

»Verlängert habe«, sagte ich, glücklich, auch mal was verstanden zu haben.

»Sehr gut. Ich mußte übrigens die teureren Flachkabel nehmen, weil Rundkabel nicht unter deinen Türen durchgehen.«

»Tut mir furchtbar leid«, sagte ich und schämte mich meiner mickrigen, rundkabelfeindlichen Türen. Dann fuhr ich zusammen. Der Piepser piepste. Kein sehr lieblicher Ton, es war eher ein Krächzen. Aber nicht zu überhören.

»Schlumpel«, sagte Konrad stolz. »Er funktioniert, wie nicht anders zu erwarten.«

Es war aber nicht Schlumpel, es war der Briefträger, bei mir ist der Briefkasten nämlich neben der Küchentür.

Ich taufte den Kerl auf den Namen Hänschen. Womit ich natürlich nicht den Briefträger meinte, sondern unseren neuen Bewegungsmelder.

Meine Katze lief ein paarmal um das Ding herum und beschnüffelte es. »Riecht komisch.«

»Schlumpel«, sagte ich, »du brauchst jetzt nicht mehr zu maunzen, wenn du reinwillst. Ein kurzes Piepsen genügt, dann macht jemand die Tür auf.«

»Bei dir piepst's wohl! Ich als Katze denk nicht dran zu piepsen.«

»Nicht du sollst piepsen.« Ich deutete auf Hänschen. »Der piepst. Dann muß ich nur aufstehen, wenn du wirklich dahockst, und nicht, wenn ich es nur annehme. Ich brauch nicht zu rufen, was besonders nachts sehr praktisch ist, weil da die Leute es nicht so gern haben, wenn dauernd jemand ›Schlumpel, wo bist du?‹ brüllt.«

»Wo kommt der Kerl her?« fragte Schlumpel mißtrauisch.

»Dieser Kerl ist ein Geschenk von Konrad. Für dich und für mich. Er wird unser Leben kolossal erleichtern. Sagt Konrad.«

Hänschen piepste. Ich kroch aus dem Bett, lief hinunter in die Küche und öffnete die Tür, nur um Schlumpel sagen zu hören: »Ich wollt nur mal gucken, ob er wirklich piepst. Ein bißchen Hunger hab ich auch.« Sie fraß eine halbe Dose, schmuste etwas mit mir herum und verschwand in der Dunkelheit, um nach einer Viertelstunde wieder dazuhocken, Hänschen erneut auf die Probe zu stellen, ein paar Happen zu sich zu nehmen und den Kopf an meinem linken Bein zu reiben, sodann an Hänschens einzigem. So ging das die ganze Nacht. Ich steckte den Piepser in einen Socken, um den Ton zu dämpfen, aber der war immer noch schlimm genug.

»Geh du mal!« sagte ich zu Konrad, aber er erklärte, er habe es ausschließlich für mich getan, um mir, wie schon erwähnt, das Leben zu erleichtern, und er brauche seinen Schlaf.

Am nächsten Tag verhinderte ein freundlicher Regen, daß Schlumpel die Nacht draußen verbrachte. Wir lagen friedlich in unseren Körbchen, sie in ihrem, ich in meinem, und ich gedachte viel Schlaf nachzuholen.

Dachte ich. Gegen elf piepste Hänschen. Wie wild piepste er. Vielleicht fehlt ihm was, schoß es mir durch den Kopf, vielleicht fürchtet er sich so allein im Dunkeln, vielleicht ist das ein Hilferuf.

Schlüpfte in den Morgenmantel und schlappte zur Tür. Vor mir saß Seppi, der Nachbarskater.

»Was soll das? Zieh ab!«

Seppi machte ein Wo-ist-Schlumpel?-Gesicht.

»Schlumpel läßt dich schön grüßen, und sie sei müde. Ich auch. Gut' Nacht!«

Und so zog Seppi denn ab, aber nur, um Fritzle von schräg gegenüber seinen Platz zu überlassen. Dieser wechselte sich ab mit Othello, und dann tauchte auch noch ein unbekannter, aber sehr ansehnlicher mausgrauer Kater mit rotem Halsband auf. Der dachte nicht daran, das Feld zu räumen, blieb einfach hocken und löste ein nicht endenwollendes, minutenlanges Piepsen ohne Unterbrechung aus, es war der reinste Tinnitus.

»Halt's Maul!« sagte ich – es war gegen drei Uhr in der Früh – und verhüllte den Kopf mit Konrads Pudelmütze, die in kühlen Nächten seine sehr empfindsamen Ohren vor dem Erfrieren bewahrt. Ich meine Hänschens Kopf, nicht den meinen oder den des mausgrauen, sehr ansehnlichen Katers.

Dann war Ruh.

»Du siehst aus wie 's Kätzle am Bauch«, sagte Konrad besorgt beim Frühstück. »Ist was?«

»Meine Ruh ist hin. Ab und zu brauch ich auch ein bißchen Schlaf. Ich kann das Gepiepse nicht mehr hören.«

Aber das sei doch kein Problem, sagte Konrad freundlich, und die Sache ganz einfach. »Ich könnte Hänschen an die Wohnzimmerstehlampe anschließen. Dann piepst er nicht mehr, dafür leuchtet die Lampe auf, wenn Schlumpel rein will. Das ist wesentlich leiser und schont die Nerven.«

Aber da ich keine Lust hatte, mein Bett im Wohnzimmer aufzustellen und die Lampe anzustarren, und Konrad sich aus unerfindlichen Gründen weigerte, Hänschen an seine Nachttischlampe anzuschließen, bestand ich nicht nur auf der Nichtverwirklichung dieser gewiß an sich großartigen Idee, sondern auf Hänschens Liquidierung.

»Konrad«, sagte ich, »ich kann nicht mehr. Ich gebe gern zu, daß Hänschen genial ist, ich meine natürlich, du bist genial, aber wenn er heut abend noch vor meiner Tür steht, bring ich ihn eigenhändig um.«

Seither stehe ich wieder auf, schlappe zur Tür und rufe wie früher: »Schlumpel, komm!« Und Schlumpel kommt, oder auch nicht. Von Hänschen hab ich nie wieder einen Pieps gehört.

Alles für die Katz

Geburtstagskinder, die eine Katze haben, wissen, was ihnen blüht. Die kriegen nicht irgendwas geschenkt. Was immer sie geschenkt kriegen, katzelt. Weil der Schenker sich ganz sicher ist, daß kein anderer auf die Idee käme, dem Geburtstagskind etwas zu schenken, das auch nur entfernt an eine Katze erinnert.

Morgens früh um sechs weckte mich das Telefon, und durch den Hörer drang in mein schlaftrunkenes Ohr ein herzliches »Miau!« Dann Geräusper, dann zählte eine Stimme – es war die meines sechsjährigen Neffen Simon – bis drei, und dann ging's los, dann wurde gemaunzt, was das Zeug hielt. Nur der vierjährige Lukas trompetete dazwischen, der ist versessen auf Elefanten. Schlumpel, die am Fußende ruhte, kauerte sich zusammen und setzte zum Sprung auf den Hörer an. »Das ist doch nur ein Geburtstagsständchen«, rief ich ihr zu, sie hielt inne, erkannte das Gemaunze als nicht aus einer Katzenkehle stammend und daher nicht als konkurrenzfähig, und schlief beruhigt wieder ein.

Ich aber war und blieb wach und fühlte mich alt. Weshalb ich, als ich die Schritte der Zeitungsfrau hörte, hinunterschlurfte, um ihr die Zeitung aus der Hand zu reißen und mich abzulenken. Ein Blick in den Garderobenspiegel, der neben der Haustür hängt, überzeugte mich davon, daß ich in dieser Nacht tatsächlich um ein ganzes Jahr gealtert war, was mir die Zeitungsfrau, ohne zu zögern, bestätigte. Ich müsse mehr an die frische Luft, meinte sie, seit sie morgens Zeitungen austrage, komme sie in den Genuß der frischen Luft, des Sonnenaufgangs und des morgendlichen Gesangs der Vögel und sehe aus wie das blühende Leben, was nun ich ihr sogleich bestätigte. Und ich nahm mir vor, mich im neuen Lebensjahr frischluftiger zu betätigen, es muß ja nicht die Zeitungsaustragerei sein, um auch wie das blühende Leben auszusehen.

Dann fiel mein Auge auf die Todesanzeigen, und ich erfuhr, daß Agnes Tröndle, in meinem Alter, das Zeitliche gesegnet hatte und aus diesem Grund bat, von Beileidsbezeugungen abzusehen. Das beflügelte mich in dem Entschluß, noch mehr an die frische Luft zu gehen, am besten gleich nach dem Frühstück. Den Frühstückstisch hatte Konrad am Abend zuvor schon gedeckt, bevor er wegfahren mußte, zu einem Wochenendschachturnier, wo er aber nur als Ersatzspieler eingeteilt worden war, weil er, trotz ständigen Übens mit Bobby, dem Schachcomputer, die Eröffnungen immer noch verpatzt.

Der Tisch war wirklich sehr schön gedeckt, mit der Geburtstagsdecke, auf die meine Mutter vor vierzig Jahren *Alles Gute dem Geburtstagskind!* kreuzgestickt hatte, und mit einem Müslischüsselchen – Geschenk von Konrad –, auf dessen Grund eine dämlich aussehende Katze hockte und um dessen Rand lauter Miaus liefen: *Miau! Miau! Miau!* Sehr originell. Im Müslischüsselchen lag ein kleines Bilderbuch ›Sempés Katzen‹, die so rätselhaft, würdevoll, erst auf den fünften Blick erkennbar und trotzdem dominierend in einer chaotischen Umgebung hocken, und wie's drinnen aussieht – im Katzeninnern – weiß nicht mal der Zeichner. Mitten auf dem Tisch stand ein Blumentopf mit blühender Katzenminze.

Katzenminze, das weiß jeder Katzenfreund, bringt fast jede Katz um den Verstand. Sieht sie diese Pflanze, gerät sie ganz aus dem Häuschen, wälzt sich so lange darin, bis sie platt ist – die Katzenminze – dann erhebt sich die Katze und schreitet würdevoll zurück in ihr Häuschen.

»Bestimmt hat er gedacht, ich wälz mich drin«, sagte ich zu Schlumpel, die gerade in die Küche spaziert kam und auch frühstücken wollte, »aber ich denk nicht dran, mich zu wälzen.«

»Aber ich«, sagte Schlumpel, »wo ich doch Geburtstag hab«, sprang auf den Tisch, steckte die Nase in die Katzenminze, bekam einen irren Blick, schubste den Topf auf den Boden, so daß er in Scherben ging, warf sich auf die Minze und rollte sie platt. Nach drei Minuten, als von der Minze nur noch Minzentrümmer herumlagen, erhob sie sich und schritt würdevoll davon.

Ich fegte Minze und Scherben zusammen und trank erst mal Tee aus der Miauschüssel. Da es anfing zu regnen, mußte ich nicht an die lebensverlängernde und zu blühendem Aussehen verhelfende frische Luft gehen und konnte in Ruhe zuerst die Erdbeer-Rhabarber-Marmelade einkochen, die ich am Abend schon vorbereitet hatte, dann, weil Marmeladekochen eine sehr klebrige und sehr spritzige Angelegenheit ist, die Küche mal wieder gründlich saubermachen, was eine Weile dauerte, und schließlich die Geburtstagspost lesen.

Die Briefe ähnelten sich auffallend. Ein jeder wies dezent auf meine Katzennärrischkeit hin. Mit bunten, glänzenden Katzenabziehbildchen. Mit schwarzen Katzensilhouetten (Katze auf dem Fensterbrett, daneben ein Blumentopf – vermutlich keine Katzenminze, sonst stünde er nicht mehr da). Über einen Brief war eine Katze gelaufen, was man an den Pfotenabdrücken sehen konnte. Eine Postkarte mit der Zähne fletschenden ›Katze auf dem Dach‹ von Picasso. Eine andere Karte mit einer unterernährten, aber heiligen Bastet-Katze, der Gratulant machte gerade eine Nilkreuzfahrt.

Auch der Inhalt der Geburtstagspäckchen bot Passendes: Ein Küchenhandtuch, halb Baumwolle, halb Leinen, auf dem sich zehn schwarze und eine rote Katze tummelten. Eine Wärmflasche in Gestalt einer Katze, die die bisherige leckende Wärmkatze ablösen konnte, und also ein sinnvolles Geschenk. Visitenkarten mit ganzen Katzenfamilien, die erhobenen Schwanzes um meinen Namen herummarschierten. Eine winzige Katzenbrosche aus Silber, die ich gleich ansteckte. Ein Buch mit Gedichten von Reiner Kunze, dem unter anderem der unsterbliche und unwiderlegbare Vers eingefallen war: *Der Mensch kann auf dem Mond erwachen, aber keine Katze machen.* Ich beschloß, mir daraufhin das Kunzesche Gesamtwerk zuzulegen. Dann gab's einen Katzenkopf mit Funkelaugen, der sollte die Vögel vom Kirschenklau abhalten, wenn er im Baum hing. Was er keineswegs tut, wie ich aus Erfahrung weiß, den letzten Katzenkopf haben sie vollgeschissen, woraus ich schließe, daß Vögel Sinn für Humor haben.

Ich legte all die Katzen und Kater und Briefe und Karten auf den Geburtstagstisch und war gerührt. Mitten in die Rührung hinein platzte Schlumpel und guckte sich meine Geschenke an. »Alles für mich!« sagte sie und machte einen Hupfer. »Heut ist mein allerschönster Lebenstag!«

»Ja«, sagte ich, »das ist alles für die Katz.« Die Wärmflasche gefiel ihr am besten, ich mußte sie gleich in ihr Körbchen legen, aber ohne heißes Wasser drin.

Dann kam Konrad zurück, was mich überraschte, dachte ich doch, er brüte gerade über einer spanischen Eröffnung. Er war sehr übel gelaunt, weil er alle Partien verloren hatte. Um seine Laune zu verbessern und weil der Regen aufgehört hatte, schlug ich ihm vor, ein bißchen an die frische Luft zu gehen, um unser Leben zu verlängern, unsere Backen blühender zu machen und unsere Falten zu glätten.

»Ich geh mit«, sagte Schlumpel und begleitete uns, das heißt, sie erlaubte uns, sie zu begleiten, und so spazierten wir zu dritt an unserem Geburtstag durch das Dorf. Aber an den Kühen mußte Konrad sie vorbeitragen, bei Kühen weiß man nie so recht, was in ihren Köpfen vorgeht. Und außerdem sind sie ziemlich groß im Verhältnis zu einer Katze, auch wenn die Geburtstag hat und findet, daß heut –

»Ich sag's selber.« Schlumpel beknabberte Konrads Ohr. »Heut ist mein allerallerallerschönster Lebenstag.«

Über die Brauchbarkeit von Katern

Schlumpel war der Meinung, ich habe etliche Bildungslücken, was den Unterschied zwischen Katz und Kater betrifft, weshalb sie bemüht war, diese zu schließen.

»Katzen«, sagte sie und hob die pädagogische Pfote, »sind was Besonderes.«

»Das mit dem Besonderen hat dein lieber Großvater auch immer wieder betont«, sagte ich. »Gemeint hat er aber Kater.«

»Sag noch mal, was der geschrieben hat, dieser Dichter.«

»Dichter gibt es mindestens mehrere.«

»Ich mein den, der was gesagt hat vom Mond und von einer Katze und von so einem armen, armen Mensch, der nix kann.«

»Wenn schon, dann Menschen.«

»Mensch reicht. Was sehr Gescheites. Und was sehr Richtiges.«

»Der Mensch kann auf dem Mond erwachen, aber keine Katze machen«, zitierte ich. »Reiner Kunze. Möge er noch lange dichten!«

»Na also«, sagte Schlumpel triumphierend. »Er

hat Katze gesagt. Nicht Kater. Bestimmt hat er eine Katze. Ein prima Dichter. Wenn du ihn mal triffst, kannst du ihm einen sehr lieben Gruß von mir sagen. Und seiner Katz auch.«

»Ich werd dran denken.«

»Glaubst du, er hat auch einen musikalischen Sessel?«

»Schon möglich. Herr Kunze versteht viel von Musik, und, was noch wichtiger ist, er liebt sie.«

»Vielleicht sitzt er gerade drin«, sagte Schlumpel. »Wie ich.« Sie sprang mit einem Satz in den Sessel und ruckelte sich darin zurecht. »Weißt du, ich bin ja nicht direkt gegen Kater. Ich bin doch nicht blöd. Kater sind für viele Sachen gut und manchmal ganz brauchbar. Sogar Konrad.«

»Leg los!« Ich spitzte die Ohren. »Man lernt ja gern dazu.«

»Kater«, begann Schlumpel, »sind dazu da, einer Katze nachzurennen. Man haut ab, aber nicht zu schnell. Sonst hängt ihnen die Zunge aus dem Hals. Das macht einem Spaß, als Katze, wenn man nachgerannt wird. Und Kater sind auch dazu da, eine Katze zu besingen. Möglichst laut und möglichst lang. Und sie sind dazu da, einer Katze feurige Augen nachzuschmeißen. Und um sie rumzutanzen. Und um sich mit anderen Katern wegen einer Katze, die sie bewundern und verehren und besingen und der sie feurige Augen nachschmeißen, zu verhauen, und man hockt daneben, als Katze, und guckt zu und freut sich, daß sie sich verhauen und ihre Ohren zerfetzen.«

Ich vergegenwärtigte mir Konrads Ohren, die kein bißchen zerfetzt waren, und wurde nachdenklich.

»Und Kater machen kleine Katzen. Was ohne sie halt nicht geht. Und vor allem gibt es Kater« – hier hob Schlumpel die Stimme –, »damit man weiß, als Katze, man ist gescheiter. Weil sie nun mal blöder sind. Das« – nun hob sie auch noch die Pfote –, »ist sehr wichtig.«

»Aber das muß man ihnen nicht mitteilen«, sagte ich. »Das bleibt unter uns.«

»Und sie sind sehr gut im Jammern, wenn ihnen was weh tut, und dann kann man sie bedauern, als Katze, und man sagt: Ach, du armer Kater! Dann freuen sie sich, und sie sind der Katze dankbar, was gut ist für die Verehrung und so.«

Stimmt, dachte ich und sah wieder meinen lieben Stoffele vor mir, der im Bedauertwerden absoluter Meister war. »Konrad«, sagte ich, »war auch ganz glücklich über das große Pflaster, das ich auf seinen großen Zeh geklebt hab, weil du neulich drübergelaufen bist. Er scheint es zu lieben, verpflastert zu werden.«

Schlumpel rollte sich auf die andere Seite. »Aber

es gibt auch Sachen, für die sind Kater nicht gut. Richtig unbrauchbar sind sie.«

Das hatte ich mir fast gedacht. »Erzähl mal!«

»Kater«, sagte Schlumpel mit tiefer Verachtung, »können kleine Katzenkinder machen, aber kriegen können sie sie nicht. Und darauf kommt's an. Daß Katzenkinder gekriegt werden. Ohne das Kriegen nützt die ganze Macherei nix, oder?«

Wo Schlumpel recht hatte, hatte sie recht.

»Und Kater kümmern sich nicht um ihre Kinder, alles überlassen sie der Katze, das Füttern, Waschen und Beibringen, wie man eine Maus erledigt. Weil sie Drückeväterkater sind. Und faul dazu. Und weil sie nicht gut im Mausfangen sind. Sie erwischen nur lahme Mäuse und solche, die das Mausleben sowieso satt haben. Und Kater kommen viel langsamer einen Baum rauf und schwer wieder runter.«

Ich sah Stoffele vor mir, wie er auf der Birke hockte, und mich unter der Birke, den aufgespannten Sonnenschirm in der Hand.

»Und sie sind nicht so schön wie eine Katze.«

Da mußte ich doch protestieren. »Es gibt ausgesprochen gutaussehende Kater. Konrad – mein Stoffele zum Beispiel –«

»Aber sie haben höchstens zwei Farben«, sagte Schlumpel verächtlich. »Wenn einer drei hat, ist er eine Katze.«

Das hatte ich nicht gewußt.

»Kater«, sagte Schlumpel entschieden, »blicken einfach nicht durch.«

»Wodurch blicken sie nicht?«

»Durch das Leben. Ohne eine Katze an der Seite wären sie angeschmiert.«

»Woher weißt du das alles? Dein seliger Großvater sah die Sache etwas anders.«

»Weil er ein Kater war«, sagte Schlumpel. »Ist doch klar. Die gucken immer anders. Deshalb blicken sie ja nicht durch, wie ich eben gesagt hab.«

Konrad stand in der Tür. »Wer blickt wo nicht hindurch?«

»Kater«, sagte ich. »Durch das Leben. Weil sie keine Mäuse kriegen. Und keine Kinder, die machen sie nur. Weil sie höchstens zwei Farben haben. Und weil sie Jammerlappen sind.«

Konrad guckte empört.

»Na ja, nicht alle. Es soll auch Heldenkater geben, die sich von einem sehr schmerzenden großen Zeh nicht davon abhalten lassen, den Mülleimer runterzutragen.«

»Ein solcher steht vor euch«, sagte Konrad würdevoll. In der Tür drehte er sich noch mal um. »Darf ich dann ein bißchen auf meinen Sessel? Aber nur, wenn du nicht draufwillst.«

Seine Höflichkeit rührte mich. »Aber sicher. Ich

muß noch schnell zum Gärtner, einen Topf Katzenminze kaufen.«

»Ich mein nicht dich«, sagte Konrad, »ich mein Schlumpel.« Und dann sagte er: »*Im Spiegel dieser treuen grünen Augen ist wie von innerm Gold ein Widerschein.* Goethe.« Er guckte ausgesprochen verklärt.

»Wieso sprichst du von meiner Katze in Versen? Von mir sprichst du immer nur in schlichter Prosa, was tief blicken läßt.«

Das verdanke er Schlumpel, meinte Konrad. Wenn er ihr in die Augen schaue, verspüre er, ganz anders als bei mir, Fähigkeiten, von deren Vorhandensein er bisher nichts gewußt habe.

»Ebenfalls nicht gewußt hast du«, sagte ich, »daß diese schönen Verse nicht Goethe eingefallen sind, sondern Herrn Mörike. Und daß die braunen Augen einer jungen Dame namens Maria Meyer gehören, die ihm den Kopf verdreht hat und die offenbar auch eine Art Schlumpel gewesen sein muß.«

Konrad streckte mir die Zunge raus.

Das Wurflager

An einem schönen Morgen im September …

»Du frißt zuviel«, sagte ich.

»Ich freß nicht zuviel«, sagte Schlumpel. »Ich freß für vier. Oder für fünf.« Sie nahm noch einen Happen *Rind an feiner Soße.*

Da werden die Kater ja Schlange stehen, bringen Sie sie gelegentlich vorbei, hörte ich die Tierärztin sagen. Und mich: Hat noch Zeit. Erst soll sie sich eingewöhnen. Wie konnte ich nur –

»Schlumpel! Wie konntest du nur!«

»Was heißt ich? Er konnte.«

»Wer ist der Vater? Ist er von hier?«

»Ich leg mich da nicht fest«, sagte Schlumpel.

»Wie lang dauert's noch?«

»Weiß nicht. Hast du saure Gurken?«

»Mit der Figur«, sagte Konrad, der für einen Blitzbesuch bei Schlumpel – und auch ein bißchen bei mir – weilte, »fällt sie bei jedem Schönheitswettbewerb durch.«

»Das wird schon wieder«, sagte ich. »Hinterher.«

»Was soll das heißen?«

»Konrad, du wirst Großvater, wenn ich mal so sagen darf. Etwa in vier Wochen. Gratuliere.«

Konrad lächelte milde. »Das kann nicht sein. Ich weiß Bescheid.«

»Du? Woher?«

»Daher.« Er zog ein Buch aus der Tasche, ›Der große Katzenratgeber im Kleinformat‹. »Hab ich mir zugelegt. Da steht alles drin über Katzen. Zweimal im Jahr ist die Katze rollig, im Februar und Anfang März und Anfang Juni. Hier steht's schwarz auf weiß. Die Rolligkeit dauert 4–10 Tage. Wenn sie Ende September Junge kriegen soll, müßte sie Mitte Juli mit einem Kater rumgemacht haben. Das kann sie aber nicht, weil Katzen im Juli gar nicht rollig sind.« Er sah erst mich, dann Schlumpel triumphierend an.

»Schlumpel«, sagte ich, »du hast dich in puncto Rolligkeit nicht an Konrads schlaues Buch gehalten. Gesteh es und schäm dich!«

Schlumpel schleckte den Teller mit den Lachsstückchen sauber, die Konrad ihr mitgebracht hatte, und enthielt sich jeglichen Kommentars.

»Die Wahrheit«, sagte ich, »ist dem Menschen zumutbar. Sogar dem Mann.«

»Das ist ein dicker Hund«, sagte Konrad erschüttert.

Und ich: »Das ist eine dicke Katze.«

»Wer war's?«

»Da legt sie sich nicht fest.«

»So ein Luder!« sagte Konrad. »Na ja, wenn man schon Schlumpel heißt – Name verpflichtet.«

»Nix Luder«, sagte ich. »Sie ist eine Katze. Und eine ganz besonders hübsche. Ich kann die Kater verstehen. Soll ich sie verstoßen?«

»Dann will ich mal nicht so sein«, seufzte Konrad, verzieh meiner Katze großmütig, daß sie schwanger geworden war, ohne ihn gefragt zu haben. Und er sagte, er habe mich im Verdacht, den Besuch bei der Tierärztin unbewußt so lange aufgeschoben zu haben, bis es zu spät war. »Weil du gern eine Katzenkinderstube haben willst. Ich kenn dich doch!« Und reiste wieder ab.

Schlumpel wurde immer anhänglicher, immer verschmuster, immer runder. Konrad deckte sich mit Literatur über werdende Mütter ein, mauserte sich zu einem Fachmann für Trächtigkeit und hielt mir jeden Abend am Telefon einen Vortrag darüber, was nun zu tun sei. »Sie braucht natürlich mehr Eiweiß«, sagte er, »in Form mageren Frischfleisches, dazu Quark, Eigelb, Getreideflocken und geriebenen milden Hartkäse. Außerdem Vitamintabletten. Und ein Kalkpräparat. Und Spurenelemente. Und jetzt geb ich dir ein Rezept für ein Gericht, da schlecken sich werdende Katzenmütter alle Pfoten danach. Also schreib auf: Einen Teelöffel fruchtiges, selbstverständlich kaltgepreßtes Olivenöl erhitzen, eine viertel Makrele, möglichst gerade frisch gefangen, waschen, mit Küchenpapier trockentupfen. Bei mittlerer Hitze anbraten. Lauchzwiebel in hauchdünne Ringe schneiden, aber nimm nur das Gelbe, zur Makrele geben. Dazu 40 Gramm Apfelmus, etwas Lecithin und einen Löffel Mineralfutter, Joghurt oder diesen speziellen Katzentrinkjoghurt aus dem Bioladen. Dann alles fein pürieren. Zum Schluß feingewiegte Katzenminze drüberstreuen. Hast du's?«

»Gehört hab ich's schon, Schlumpel auch.«

»Es heißt ›Seppls Leibgericht‹. ›Seppls‹ natürlich ohne diesen ekelerregenden falschen Apostroph, den heute alle verwenden. Und? Was sagt sie dazu?«

»Ich heiß nicht Seppl«, sagte meine Katze, »ich heiß Schlumpel. Er soll's selber fressen.«

»Sie meint«, teilte ich Konrad mit, »es sei eine etwas kühne Zusammenstellung. Und, wie der Name sagt, offenbar eher für werdende Katzenväter als für Mütter gedacht. Außerdem sind die Makrelen hier im Hochschwarzwald gewieft, da kannst du angeln, bis du schwarz wirst, die beißen nicht an. Wo hast du das Rezept her?«

»Aus ›Die junge Mutter und ihr erster Wurf‹.

Sehr informativ. Es steht im Kapitel über trächtige Katzen. Dieses Rezept ist auf eine ein Kilogramm schwere Katze berechnet, du mußt natürlich die Mengenangaben mit Schlumpels Kilogewicht multiplizieren und dann –«

»Ich glaub, Hackfleischkügelchen sind uns lieber.«

»Aber hoffentlich doch aus ökologischem Rindfleisch«, mahnte Konrad.

»Und außerdem fängt sie jeden Tag eine Maus.«

»Maus«, erklärte Konrad, »ist in ihrem Zustand nicht anzuraten. Nimm sie ihr weg. Mäuse haben Parasiten, was sehr gefährlich – du kannst übrigens mitessen.«

»Ich krieg keine Junge«, protestierte ich.

»Hoffentlich. Das Buch sagt, alle Rezepte seien für Katzen und Menschen geeignet. Praktisch, was?«

Und so weiter. Schlumpel dankte Konrad sein Interesse dadurch, daß sie sich gründlich in seinem Zimmer umsah und in allen Ecken herumstöberte. Da er immer nur ein paar Tage bleibt, schien es ihr das ruhigste zu sein und am besten für ihre Kinderstube geeignet.

»Gibt's Frauenärzte für Katzen?« erkundigte sich Konrad beim nächsten Anruf besorgt, »es könnten ja Schwierigkeiten auftreten. Vielleicht hat eins von den Kindern eine Steißlage. Ein anderes verheddert sich in der Nabelschnur. Oder sie kriegt siamesische Zwillinge, also ich schneide die nicht durch. Stell dir das mal vor: Zur Rechten sah man, wie zur Linken, einen halben Schlumpel heruntersinken. Frei nach Mörike.«

»Sehr frei«, sagte ich. »Aber nach Ludwig Uhland.« Was Konrad verschnupfte, denn schließlich ist er es, der Germanistik studiert hat, ich aber kenne dafür die Gedichte. »Und sie braucht keinen Doktor. Wird schon alles gutgehen. In zwei Wochen ist's wohl soweit.«

Dann las Konrad in seinem Ratgeber, man müsse unbedingt für ein geeignetes Geburtslager sorgen. Offenbar hielt der Verfasser die werdende Katzenmutter für zu blöd, ein passendes auszusuchen. Er forderte Konrad dringend auf, einen möglichst handgeflochtenen Weidenkorb zu erwerben, wahlweise auch einen Pappkarton oder eine Kiste in den Maßen 30 auf 50, mit einem Rand, der unter allen Umständen 20 bis 25 cm hoch zu sein hatte. Korb, Karton oder Kiste hatten aus ungespritztem, ungefärbtem, biologisch abbaubarem Material zu sein. »Dann«, so Konrad, »brauchen wir ein hartes, flaches Kissen mit waschbarem Bezug – ob Blümchen oder Karo oder Tupfen, steht nicht im Buch – ich wär für Karo, das wirkt immer gut, immer sportlich – darüber kommt eine dicke Lage Zeitungspapier –«

»›Süddeutsche Zeitung‹? Die ›Frankfurter Allgemeine‹ oder die ›Stuttgarter‹?«

Konrad, als Anhänger des VfB, entschied sich für die ›Stuttgarter Zeitung‹. »Und darüber kommt ein sauberes Tuch. So muß ein anständiges Wurflager aussehen.«

»Wurflager. Blödes Wort.«

»Steht hier drin. So nennt das der Fachmann. Hast du alles kapiert?«

Zum Kinderkriegen suchte Schlumpel sich ausgerechnet die Zeit aus, in der Konrad unabkömmlich war, nicht bei uns, sondern bei sich. Sie rannte maunzend und klagend hinter mir her, lief mir überallhin nach. »Hau bloß nicht ab!«

»Keine Angst«, sagte ich, »ich verlaß dich nicht, nie und nimmermeh'. Komm, ich zeig dir dein Wurflager.«

»Mein was?«

»Wurflager. Stammt von Konrad, das Wort. Und der hat es von dem Mann, der mehr als jede Katze über Katzengeburten weiß.«

Schlumpel umkreiste ihr Wurflager ein paarmal und beschnupperte es gründlich. »Mal gukken!«

»Sag's, wenn's soweit ist«, sagte ich. »Dann setz ich mich zu dir und halt dir die Pfote.«

Zum Pfotenhalten kam ich nicht. Es kamen die Katzenkinder, als mein Zahnarzt einige bisher hinausgeschobene, aber plötzlich ganz dringende und recht zeitraubende Reparaturen an mir vornahm. Und sie erblickten das Licht der Welt nicht im vorbereiteten Wurflager, sondern in einer Ecke von Konrads Kleiderschrank, auf seinem alten Schlafanzug. »Der muffelt so interessant«, sagte Schlumpel, »viel interessanter als dieses blöde Wurfdings.« Sie lag behaglich auf der Seite und schnurrte.

»Wie viele haben wir denn?«

»Für jede Pfote eins«, sagte Schlumpel. »Alle prima hingekriegt.«

Die wirklich sehr gelungenen, aber noch sehr blinden und sehr tauben Kätzchen hingen an Schlumpels Zitzen. Ich füllte meine Katzenwärmflasche mit warmem Wasser und legte sie dazu. So lagen zwei große, warme Katzen auf Konrads Schlafanzug, und zwischen ihnen vier kleine Schlumpel. Eins rot, eins weiß, eins gestreift, eins grau, daß ich meine Lust dran schau. Wir tauften sie auf die Namen Buzzl, Huzzl, Muzzl und Wuzzl. Sehr phantasievoll!

Ich schickte Konrad eine Geburtsanzeige.

»Sie benötigen unbedingt eine Infrarotlampe«, teilte Konrad mir telefonisch mit.

»Du spinnst wohl.«

»Mitnichten. Du hast einfach kein Verantwortungsgefühl. Kinder brauchen Wärme.«

»Dafür haben sie ihre Mutter, meine Bettflasche und deinen Schlafanzug.«

»Das reicht natürlich nicht. Du mußt über dem Wurflager eine Infrarotlampe installieren. Steht im Buch. In den ersten beiden Lebenswochen brauchen sie eine konstante Temperatur von 25 bis 30 Grad. Optimal sind 29. Auch ein elektrisches Heizkissen wär gut.«

»Sonst noch was?« fragte ich.

»Hast du sie schon gewogen?«

»Wieso?«

»Dir muß man aber auch alles sagen. Ein neugeborenes Katzenkind muß 99 Gramm wiegen. Und es ist 12,7 cm lang.«

Ich maß mit dem Lineal nach und legte die Krabbelkinder auf die Waage. Dann meldete ich Konrad die Hiobsbotschaft: »Ich trau mich's fast nicht zu sagen, aber Huzzl wiegt 95 Gramm, Buzzl 90, Muzzl 87 und Wuzzl sogar 106. Und sie ignorieren auch deine Größenvorgabe. Kein einziges mißt 12,7 cm. Sie sind 11,3, 12, 12,5 und 14 cm lang. Wenn du meinst, stauch ich die zu großen etwas zusammen, die zu kleinen zieh ich auseinander.«

»Die scheinen genauso renitent zu sein wie ihre Mutter«, sagte Konrad. »Fängt ja gut an. Ich kann leider erst in ein paar Wochen kommen und euch zeigen, wie man es richtig macht. Bis dann werden sie hin sein, erfroren, verhungert, verdreckt, verfloht, haben sich verirrt oder sind sonst irgendwie zu Schaden gekommen.«

Brüllen ist immer gut

Versoffenes Volk!« sagte ich. »Wie hältst du das bloß aus?«

Schlumpel hielt es bewundernswert geduldig aus. Sie lag bequem in ihrem Nest in Konrads Schrank, dessen Tür ich ausgehängt hatte. Die Kinder nuckelten selig an den Zitzen.

Sie waren jetzt zwei Wochen alt und doppelt so schwer und groß wie bei ihrer Geburt, was ich Konrad freudig am Telefon meldete. »Außerdem haben sie die Augen aufgemacht.«

»Was für eine Farbe?«

»Blau. Wie alle Katzenkinder. Und die Öhrchen richten sich schon auf. Sehen richtig katzig aus. Nicht so nackig und verdatscht wie Menschenbabys nach der Geburt.«

»Ich war nicht verdatscht«, erklärte Konrad. »Ich war, wie glaubhafte Augenzeugen berichten, ein zwar nackiges, aber ausnehmend glattes Kind.«

»Heute nicht mehr. Schön, daß die Kleinen nicht glatt sind. Sie haben ein ganz weiches Pelzchen.«

»Was machen sie gerade? Schau mal nach!«

Ich schaute nach. »Sie sind untergegangen, alle vier. Liegen auf- und übereinander, ein richtiges Katzenknäuel ist das, ich seh ein Huzzlbein – nein, ein Buzzlbein. Und ein Muzzl- oder auch Wuzzlohr. Und ein Buzzlschwänzchen. Kann aber auch das von Huzzl sein.«

»Haben sie schon was gesagt?«

»Gesagt? Sie singen. Den ganzen Tag: Wir haben Hunger, Hunger, Hunger, wir haben Durst. Jetzt wachen sie auf. Hör mal!« Ich hielt den Hörer in Richtung Nest.

»Was ist denn das? Klingt ja erbärmlich.«

»So maunzen sie immer, wenn ihre Mama mal nicht da ist.«

»Nicht da?« Konrad war empört. »Das geht aber nicht. Sag ihr das. Wo steckt sie denn?«

»Ich hab ihr freigegeben und versprochen, ich paß solange auf ihre Kinder auf. Gerade kommt sie zurück, ich richt ihr was zum Fressen.«

»Seppls Leibgericht?« fragte Konrad hoffnungsvoll, »nach meinem Rezept und ohne falschen Apostroph?«

»Sie zieht *Lachshäppchen, sehr fein* vor.«

Vier Wochen waren sie jetzt schon da. Hatten weiter zugenommen an Alter, Hunger, Gewicht und Neugierde. Sie sahen kein bißchen ein, daß sie in ihrem Nest bleiben sollten, unternahmen ständig Ausbruchsversuche und hielten Schlumpel und mich auf Trab. Auch nahmen sie täglich zu an Lebenserfahrung, was sich in Erkenntnissen wie den folgenden niederschlug:

Alles ist für die Katz. Mama schmeckt fein. Mama ist warm und weich. Das Krabbelnest auch. Meine Mamazitze gehört mir. Wer drangeht, kriegt Haue. Brüllen ist immer gut. Man hat Geschwister, damit man sie am Schwanz ziehen kann. Man hat auch selber so einen Schwanz. Der geht einem oft durch die Lappen. Rennt immer im Kreis rum. Dann muß man ihm nachrennen. Wenn man aus dem Krabbelnest krabbelt, stehen überall Sachen rum. Sehr komische Sachen. So ein Fußboden ist gemein, weil einem die Pfoten auseinanderrutschen, und man macht eine Bauchlandung. Brüllen ist immer gut. Alle Sachen freuen sich, wenn man an ihnen hochklettert: Hosenbeine. Und Vorhänge. Und Tischtücher. Wenn man wo dran zieht, fällt manchmal was runter. Sehr lustig! Das Klo ist auch sehr lustig. Es ist dazu da, daß man darin Purzelbäume macht. Und ganz toll rumscharrt. Ein prima Versteck ist der Papierkorb. Hockt einer drin und guckt sein Kopf raus, haut man drauf. Es gibt ein Oben und ein Unten. Dazwischen ist eine Treppe. Man kommt schwer rauf, aber schnell runter. Runterkommen tut manchmal weh. Dann brüllt man. Brüllen ist immer gut. Da ist auch ein Mensch. Der Mensch ist riesengroß. Er hat kein Fell. Riechen tut er auch, aber anders als Mama. Er ist zum Bekrabbeln da. Seine beste Stelle ist unter dem Hals. Da ist's schön warm. Fällt man auf den Buckel und streckt alle viere von sich, wird der Mensch weich. Muß man sich gut merken.

Manchmal sind alle weg. Man ist allein. Dann brüllt man. Brüllen ist immer gut. Wenn Mama was sagt, und man spurt nicht, gibt's Haue. Wenn der Mensch was sagt, und man spurt nicht, gibt's keine Haue.

Hinter dem Haus geht's noch weiter. Das ist die Welt. Aber die Weiterwelt kriegen wir erst später. Sagt Mama.

Die Liste der Erkenntnisse und Lebensweisheiten wurde jeden Tag länger. Die kleinen Stubentiger wackelten, sausten, kullerten und kletterten durch ihr junges Leben und wickelten mich um den Schwanz. Es ging drunter und drüber, und sie benahmen sich nach dem Motto: Erlaubt ist, was gefällt. Gefiel Schlumpel nicht, was sie sich erlaubten, ergriff sie wirkungsvolle erzieherische Maßnahmen, die zu ergreifen ich mich nie getraut hätte. Hauen, sagte sie, ist immer gut.

Eines Tages kam Schlumpel auf die Idee, mit

ihrem Nachwuchs umzuziehen. Sie packte eins nach dem andern am Genick und schleppte es in die Küche, wo sie es unter der Eckbank in einer alten Kartoffelkiste einquartierte, die in den Maßen allerdings nicht den vom klugen Verfasser des Katzenbuches geforderten entsprach. Schlumpel und ihrem Anhang war's egal.

»Gefällt's dir nicht mehr im Krabbelnest?«

»Die saufen mich noch leer«, sagte Schlumpel. »Wird Zeit, daß sie auch mal was Festes zwischen die Zähne kriegen.«

»Sie haben doch noch gar keine.«

»Aber bald. Und hier ist's näher zu den Schüsselchen.«

Ich stellte die Schüsselchen vorsichtshalber auf eine Zeitung. Die kleinen Schlumpel hielten wenig von Tischmanieren, sie sabberten, schlabberten, brockelten und suckelten mit Hingabe. Ich kochte Grießbrei, Haferschleim und Kartoffelpüree, rollte Hackfleischbällchen, und an den Knorpelresten vom Hähnchen bissen sie sich die Zähnchen heraus. Die wichtigen Erkenntnisse wurden vermehrt um den Satz: Wer aus meinem Schüsselchen frißt, kriegt eins über die Nase.

Noch 'ne Viererbande

Als Konrad kam – ich mußte ihm alle zwei Tage das Bulletin durchgeben –, waren die Kleinen sechs Wochen alt, weder verdreckt noch verhungert, noch erfroren oder sonstwie zu Schaden gekommen, wie er prophezeit hatte, sondern explodierten fast vor Lebensfreude und Entdeckerlust.

»Die können ja richtig schnurren«, stellte Konrad fest. »Hab ich nie gekonnt.«

»Die können noch viel mehr. Die gehen schon aufs Klo. In diesem Alter hast du noch in die Windeln gemacht.«

Huzzl kletterte ins Katzenklo und beeindruckte Konrad mit einem Purzelbaum sowie einem tadellosen Handstand.

Konrad holte ihn vorsichtig wieder heraus. »Ein Klo ist nicht zum Spielen da«, belehrte er das Katzenkind, »sondern, na, du weißt schon.« Es sah ihn erst sehr aufmerksam und sehr freundlich mit blauen Riesenaugen an, dann biß es ihn herzhaft in den Finger, und Schlumpel sagte scharf: »Pfoten weg!«

Konrad war tief getroffen. »Das ist nun der Dank für all die Vitamin- und Kalktabletten und dafür, daß ich mir den Kopf darüber zerbreche, wie man es ihr leichter machen könnte.«

»Nimm's nicht persönlich«, sagte ich, »Katzenmütter sind nun mal vorsichtig. Schlumpel ist dir sehr dankbar.«

»Meinst du?«

»Ganz bestimmt. Weil du ein paar Wochen weggeblieben bist und ihr nicht ständig aus deinem klugen Buch für werdende und gewordene Mütter vorgelesen hast.«

In den nächsten Tagen führten Huzzl, Buzzl, Muzzl und Wuzzl Konrad ihr ganzes, sehr beachtliches, ständig größer werdendes Repertoire vor: Buckeln. Nasenkuß geben. Großputz an sich selber machen. Aus der Schüssel fressen und dabei den andern mit der Pfote wegschieben. Versteck spielen. Schreckliches, gefährliches Fauchen. Die Ohren flach anlegen. Boxen. Kleine Katzbalgerei. Übereinander kugeln. Hau ich dich, haust du mich spielen. Auf dem Buckel liegen und alle viere von sich strecken. Mausanschleichen. Schnitzeljagd. Auf allen vieren landen, wenn man wo runterfällt. Am beliebtesten war das Spiel, das vor der Glotze aufgeführt wurde, atemberaubender als jedes Fernsehprogramm. Wir erlebten großartige, hochdramatische, aber unblutige Gladiatorenkämpfe, die die Gegner mit einem bei den alten Römern eher seltenen Nasenkuß beendeten, worauf sie friedlich aufeinander einschliefen.

Konrad mauserte sich von einem Zuschauer zum Mitspieler und zum Erfinder des ebenfalls sehr beliebten Fliegendatscherspiels. Das geht so: Auf dem Sofa (links) Konrad, rechts ein Schlumpelkind, sagen wir mal, Wuzzl. In der Mitte ein Kissen. Konrad schiebt den Fliegendatscher unter dem Kissen in Richtung Wuzzl, und zwar mit der flachen Datschseite nach vorne. Bevor Wuzzl draufhauen kann, zieht Konrad das Ding zurück, Wuzzl verliert das Gleichgewicht und kippt nach vorne auf das Kissen, das extra zu dem Zweck, die Wuzzlnas zu schonen, daliegt. Wobei Konrad schnell draufkam, es sei angebracht, Wuzzl ab und zu den Datscher erwischen zu lassen. Oder er servierte ihm auf demselben ein paar Leberwurstkügelchen. Ich schlug vor, das Fliegendatscherspiel patentieren zu lassen, auf daß wir endlich zu Reichtum kämen.

Die kleinen Schlumpel hatten sich inzwischen alle Räume im Haus erobert. Immer wenn Konrad sich in seinem Sessel niederließ, um in Ruhe die Zeitung zu lesen, wie gerade eben, kam die Jungfamilie herbeigestürmt und benutzte ihn als willkommenes Kletterobjekt, Kratzbaum und Schlafplatz.

»Die stehen dir richtig gut«, sagte ich. Alle vier waren auf ihm eingeschlafen, was bei ihnen blitzartig geht und in jeder Lage, auch mit dem Kopf nach unten, und Konrad durfte sich mindestens zehn Minuten lang nicht mehr rühren. Schlumpel stieg über ihn hinweg, machte einen freundlichen Schwanzkringel und verschwand.

»Die hält mich wohl für einen Babysitter«, meinte Konrad mit einer Empörung, die sich freilich in Grenzen hielt.

»Sie braucht auch mal Erholung von dieser Bande«, sagte ich. »Und bei dir weiß sie ihre Kinder in guten Händen.« Wobei Händen nicht zutrifft, ein kleiner Schlumpel hing aus seiner Jackentasche heraus, ein anderer lag quer über seinem Hals, der dritte steckte im Hosenbein, und Nummer vier schlief in seinem Schuh.

Nach kurzer Zeit war Schlumpel wieder da und schmiß Konrad eine Maus vor die Füße, die freundlicherweise schon hinüber war.

»Fürs Babysitten«, sagte ich. »Wie willst du sie haben? Gegrillt? Mit Senf? Oder als Ragout?«

Der Schuhschläfer, ich glaub, es war Muzzl, wachte auf, erkannte blitzschnell die Situation und schlich die Maus an. Was die andern drei sozusagen im Schlaf spitzkriegten und ebenfalls schleunigst aufwachten, um sie ihm wieder abzujagen. Muzzl flüchtete mit der rechts und links aus dem Mäulchen heraushängenden Beute ins Bücherregal und deponierte die Maus in einem der fünfzehn Kästchen, in denen Konrad, peinlich geordnet, die Karteikärtchen für seine Musikaufnahmen aufzubewahren pflegt.

Konrad packte die Maus am Schwanz und warf sie zum Fenster hinaus, unter dem Seppi stand, einen ihm gestern von Schlumpel verpaßten gewaltigen Schlenzer im Ohr, und die Maus als ein vom Himmel gefallenes Geschenk dankbar in Empfang nahm.

»Fraß sie auch auf, bis auf den Schwanz«, zitierte Konrad, *»da war er wieder frisch und genesen ganz.* Heine.«

»Mörike«, sagte ich, »und der Schwanz gehörte einem Rettich, keiner Maus. Paß doch auf, fast wärst du Huzzl auf die Pfoten getreten!«

»Die vier treten mir dauernd auf meine Pfoten.« Konrad zog die Schuhe aus und ging den Rest des Tages auf Socken.

»Man muß sie müd machen«, erklärte er, als die vier Schlumpel um elf Uhr nachts immer noch putzmunter herumtobten, band sich eine Schnur mit einer zu einem Bällchen zusammengedrückten Silberpapierkugel ums Bein und rannte, die kleinen Wilden auf den Fersen, so lange die Treppe hinauf und hinunter, bis er, im Gegensatz zu ihnen, nicht mehr konnte.

Ich vergaß noch zu sagen, daß das Karteikärtchen mit Beethovens Ouvertüre zu ›Egmont‹, der bekanntlich auf dem Schafott endete, seither ein Blutfleck ziert.

Wohin?

O *Menschlichkeit, wie soll ich dich bewahren!*« rief Konrad und schlug sich an die Stirn. »*Was fang ich an mit sechsundfünfzig Katzen!*«

»Hab dich nicht so«, sagte ich, »es sind keineswegs sechsundfünfzig, und Theodor Storm kannst du aus dem Spiel lassen. Es sind nur vier. Außerdem brauchst du nichts mit ihnen anzufangen. Mit Katzen fängt man nichts an. Man hat sie, oder, richtiger gesagt, sie haben einen. So ist das.« Ich speicherte die Geschichte, die ich über Schlumpels Kinderstube geschrieben hatte, sorgfältig ab, um Heini nicht wieder zu vergrätzen.

Die Schlumpelfamilie machte gerade ihren täglichen Spaziergang, auf dem die Schlumpelmutter mit ihren Schlumpelkindern übte, wie man eine Maus gekonnt zerlegt, ein Schauspiel, von dem ich froh bin, daß es außer Haus stattfindet. In letzter Zeit hatte eine beträchtliche Anzahl von Mäusen, allerdings unfreiwillig, bei diesem Drama mitgewirkt. Als ich mit Konrad neulich im Theater war, ging es auf der Bühne übrigens ganz ähnlich zu. Ein neuer, innovativer Regisseur, sehr blutrünstig. Ich mag das weniger.

»Allmählich wird's hier eng«, fand Konrad. »Und ich hab das Gefühl, Schlumpel hätt ihren Nachwuchs gern los. Acht Wochen schleppt sie ihn schon mit sich herum. Sie braucht ihre Ruh.«

»Du meinst wohl, du brauchst deine Ruh.«

»Vorgestern bin ich gekommen, um ein paar ruhige Tage zu verbringen, aber meine Nerven sind schon zerrüttet«, sagte Konrad. »Huzzl kullert den ganzen Tag Murmeln vor sich her, Buzzl treibt's mit Wollfäden, aus denen ich ihn wieder auswickeln muß, Muzzl jagt seine Fellmaus, die so penetrant quietscht, daß ich keine Zeile lesen kann, und Wuzzl will immer Verstecken mit mir spielen. Gestern hat er auf Adorno ein Nickerchen gemacht, und ich hab mich nicht getraut, ihm das Buch unterm Hintern wegzuziehen.«

»Mir macht das Spaß. So bleibt man auf Trab.«

»Willst du eine Katzenzucht aufmachen?«

Nein, das wollte ich nun doch nicht.

»Wir könnten sie meistbietend versteigern«, schlug Konrad vor.

»Tolle Idee. Es gibt ja so wenig Katzen. Alle werden sich reißen um die kleinen Schlumpel.«

Konrad versank in tiefes Nachdenken, aus dem er mit einem Schrei wieder auftauchte. »Ich hab's!

Wir packen alle vier in ein Körbchen und stellen dieses Körbchen dem netten Herrn Pfarrer, dem wir Schlumpel verdanken, vor die Tür. Ein Geschenk des Hauses. Der hat uns die Sache schließlich eingebrockt. Ich leg noch ein paar Mohrenköpfe dazu, da laß ich mich nicht schlumpen. Ich mein, lumpen.«

»Schlumpel«, sagte ich beleidigt, »ist keine Sache, sondern meine liebe Katze, dazu meines unvergessenen Stoffele Enkelkind, und eingebrockt ist sie schon gar nicht. Außerdem vergelte ich, obwohl unfromm, nun mal nicht Gleiches mit Gleichem. Und die Mohrenköpfe eß ich selber.«

Konrad versank wieder in Nachdenken, während Heini und ich weiterschrieben.

»Was schreibst du denn? Doch wohl keine Katzengeschichten? Du hast mir glaubhaft versichert, jetzt sei Schluß.«

»Was kümmert mich mein dummes Geschwätz von gestern«, sagte ich. »Über Schlumpel fällt mir so viel ein. Das heißt, mir braucht gar nichts einzufallen, ich muß ihr ja nur hinterherschreiben.«

»Hoffentlich bringt's was«, sagte Konrad. »Und jetzt fällt mir auch was ein. Ich weiß, was ich mit den kleinen Schlumpeln mach.«

»Laß hören!« Ich schrieb weiter.

»Nächstes Wochenende hab ich ein Turnier.«

»Lanze oder Schwert?« fragte ich. »Ist das Pferd

gestriegelt? Der Helm geflickt? Letztes Mal warst du erster Sieger von hinten. Mich wundert, daß sie dich immer noch aufstellen, wo du doch alle Eröffnungen verpatzt.«

»Im Endspiel«, verkündete Konrad, »bin ich stark.«

Sonntagabend war er wieder da.

»Alle weg«, sagte er und bat um einen kleinen Kirsch. »War ganz leicht. Bevor das Turnier angefangen hat, hab ich sie ausgepackt und auf den Tisch gesetzt. Zwischen die Schachbretter mit den aufgestellten Figuren. Und dann –«

»Dann haben die Schlumpel gegeneinander Schach gespielt«, vermutete ich.

»Sozusagen. Zwar haben sie sich nicht ganz an die Regeln gehalten, aber sie haben gewonnen. Haushoch.«

»Das heißt?«

»Eins hat der Vorsitzende abgeschleppt, eins der Vize, eins der schlechteste Spieler –«

»Du hast es wieder mitgebracht? Da freu ich mich aber.«

»Der schlechteste Spieler von den anderen. Eins wurde als Preis ausgesetzt fürs Turnier. Alle weg. Noch einen Kirsch!«

Einerseits war ich froh, aber andrerseits – »Sie fehlen mir jetzt schon«, sagte ich. »Es ist so ruhig hier. Man stolpert über keine Nuß mehr, verwickelt sich in kein Wollknäuel, keiner klettert am Vorhang hinauf. Ich hätt sie so gern behalten. Schad!«

Schlumpel saß auf dem Fensterbrett und sah sehnsüchtig Seppi nach, der seinerseits Pimsel nachrannte, welcher hinter Fritzle her war.

Ich kraulte sie hinter den Ohren. »Schlumpel«, sagte ich, »du warst wirklich eine gute Mutter. Trotz Konrads Einmischung. Ich hätt das nicht so hingekriegt.«

Sie rieb den Kopf an meiner Schulter.

»Sei nicht traurig. Ich bin's schon genug. Deine Kleinen sind gut versorgt. Konrad hat für jeden ein Plätzchen gefunden.«

Schlumpel schmiegte sich an mich. Draußen tauchte Othello auf, beroch das Auto meines oberen Nachbarn, hob den Schwanz, ließ ihn zittern und bespritzte den rechten Vorderreifen. Seppi hatte Othello erspäht und näherte sich ihm mit der gebotenen Vorsicht. Othello war einen Kopf größer und einen halben Schwanz länger.

»Jetzt kannst du dich ausruhen.«

Pimsel, in Erwartung einer sauberen Rauferei, kletterte auf den Bretterhaufen vom unteren Nachbarn, um ja alles mitzukriegen und aus sicherer Entfernung seinen Senf dazuzugeben.

Schlumpel dachte weniger ans Ausruhen als ans

Mitmischen. Sie konnte nicht mehr widerstehen, nahm die Pfoten untern Arm, sprang aus dem Fenster und scheuchte die versammelte Katzenschaft über die Wiese. Ihre Wiese, wie sie gern sagt.

»Wie mag's den kleinen Schlumpeln gehen?« fragte ich.

»Die haben das große Los gezogen.« Konrad stellte den Einkaufskob auf den Tisch. »Schachspieler sind gescheite Leute. Siehst du ja an mir. Sie haben Sitzfleisch, zappeln nicht herum, mögen weder Hektik noch Krach. Schachspieler sind, wenn ich mal so sagen darf, die Katzen unter den Menschen. Ich mein, Kater.«

Ich erinnerte ihn daran, daß die letzten drei Partien ich gewonnen hatte.

»Da war ich nicht gut drauf«, erklärte er. »Ich hab Schlumpel was mitgebracht. Eine Dose vom Allerfeinsten. Sie muß doch getröstet werden.«

Schlumpel fraß den Trost bis auf einen mickrigen Rest.

»Sie ist sicher froh, daß sie wieder machen kann, was sie will«, meinte Konrad.

»Als Katze tut sie das sowieso«, sagte ich.

Und da ich mich nicht darauf verlassen wollte, daß Konrads Schachclub auch die nächste Schlumpelgeneration adoptieren werde, kam Schlumpel unters Messer.

Hansi

Morgen kriegen wir Besuch«, sagte ich.

Schlumpel peitschte mit dem Schwanz.

»Von Hansi.«

Blöder Name!« Schlumpel peitschte gleich noch einmal.

»Das sagst du nur, weil du jeden Besuchernamen blöd findest.«

»Wir brauchen keinen Besuch.«

»Ein Besuch ist auch nicht zum Brauchen da, sondern damit man sich freut.«

»Ich freu mich nicht!« sagte Schlumpel mit Nachdruck.

»Man sieht's deinen Ohren an. Die liegen ganz flach.«

»Weil die sich auch nicht freuen.«

»Aber meine«, sagte ich.

»Wo kommt der Kerl her?« fragte Schlumpel.

»Eigentlich aus Afrika.«

»Ist er schwarz?«

»Ist er nicht. Hansi ist rot, grau und weiß. Dazu sehr zutraulich und blitzgescheit.«

»Woher weißt du das?«

»Das weiß ich von Frau Lämmle, meiner lieben Freundin.«

»Woher weiß die das?«

»Das weiß sie, weil sie ihn genau kennt.«

Schlumpels Interesse erwachte. »Ein Kater?« erkundigte sie sich.

»Hansi ist ein Jako.«

Schlumpel starrte mich mißtrauisch an.

»Ein Jako ist ein Psittacus erithacus.«

»Hab ich mir doch gleich gedacht«, sagte Schlumpel abfällig.

»Und ein Psittacus erithacus ist ein Papageienvogel.«

In Schlumpels Augen kam ein gewisses Glitzern.

»Ein ganz besonderer Vogel«, sagte ich. »Hansi ist ein Exot. Papageien leben in den tropischen Wäldern.«

»Hat sie ihn dort gefangen?«

»Aber nein. Sie hat ihn beim Tierhändler gekauft. Hansi kann sprechen.«

»Kann ich auch«, sagte Schlumpel verächtlich.

»Aber nur ich versteh dich. Hansi spricht so, daß alle ihn verstehen können.«

»Ich möcht nicht, daß jeder Depp mich versteht«, sagte Schlumpel voll tiefem Abscheu. »Was will der bei uns?«

»Urlaub machen. Ich mein, Frau Lämmle will ein paar Tage Urlaub machen.«

»Kommt die auch? Dann wird's aber voll hier.«

»Sie bringt ihn nur her, dann reist sie weiter. Zum Bodensee.«

»Warum nimmt sie ihn nicht mit?«

»Hansi ist wasserscheu. Ich hab ihr versprochen, wenn sie mal ein paar Tage ausspannen will, kann sie ihn bringen. Da warst du ja noch nicht hier.«

»Aber jetzt bin ich hier. Und gegen Hansi.«

»Versprochen ist versprochen«, sagte ich mit fester Stimme. »Ist ja auch nur für ein paar Tage.«

»Und wenn sie ersauft?« sagte Schlumpel. »Dann haben wir den Kerl am Hals.«

»Frau Lämmle war mal südwürttembergische Meisterin im Kraulen. Also, benimm dich!«

»Schlumpelig?« fragte Schlumpel arglistig.

»Bloß nicht. Höflich, zuvorkommend, freundlich. Hansi soll sich bei uns wohl fühlen.«

Frau Lämmle kam angebraust, stellte Hansi, ich meine seinen Käfig, auf den Küchentisch, dazu eine Packung Hansi-Futter vom Besten, gab uns ein paar Verhaltensmaßregeln – »vergiß nicht, ihn abends zuzudecken, aber nicht mit irgendeinem Küchenhandtuch, sonst kriegt er die Krise, sondern mit dem hier« – und »daß du mir bloß keine unanständigen Wörter sagst!« – mit letzterem war Hansi gemeint – und brauste bodenseewärts.

Hansi residierte nicht in einem schlichten Käfig, sondern in einem Palais. *Avec tout confort.* Vier Sterne, mindestens. Auf der Stange aus Edelholz hockend, beäugte er mich und seine neue Umgebung mit Argwohn. Er war wirklich ein Prachtexemplar: rotgeschwänzt, lichtgraues Gefieder, ein weißes Feld um die Augen. Und, wie Frau Lämmle stolz sagte, fünfunddreißig Zentimeter groß.

»Fürchte dich nicht, Hansi«, sagte ich, »die paar Tage werden wir schon ungerupft überstehen, was?«

»O Heimatland!« krächzte Hansi.

Dann kam Schlumpel hereinspaziert.

»Das ist Hansi«, sagte ich, »er ist ganz wild drauf, dich kennenzulernen. Die Papageienart, zu der er gehört, lebt im Urwald in engster Symbiose mit Großkatzen wie Tigern und Leoparden. Die können gar nicht ohne einander. Hansi, das ist Schlumpel. Ihr Name täuscht. Sie ist ausgesprochen papageienlieb und sanft wie die Milkakuh.«

»Muh!« krächzte Hansi. »Muh!«

Schlumpel sprang auf den Tisch und umrundete den Käfig ein paarmal. Hansi drehte sich auf seiner Stange mit. So umkreisten sich die beiden,

Aug in Aug. Eine spontane Zuneigung konnte ich nicht entdecken.

»Ich hab dir was besonders Gutes mitgebracht«, sagte ich zu Schlumpel, in der Hoffnung, sie käme so gar nicht auf den Gedanken, Hansi könne durchaus interessant schmecken, »*Thun mit Huhn.* Die Dose hat fünfzehn Cent mehr gekostet. Aber das bist du mir wert. Hansi auch. Die Käfigtür kriegst du nicht auf.«

Schlumpel warf Hansi, mir und der Dose *Thun mit Huhn* einen unfreundlichen Blick zu, sagte »dann schon lieber Maus!« und zog ab.

»O Heimatland!« sagte Hansi noch einmal. Und dann: »Das Wetter!«

Ich faßte es als Frage auf: »Weiß ich nicht, ich hab den Wetterbericht noch nicht gesehen. Vermutlich durchwachsen.« Ich legte das mitgebrachte Schlaftuch über den Käfig – *Gut's Nächtle!* stand darauf, Frau Lämmle ist eine echte Schwäbin, die es ins Badische verschlagen hat – und machte das Licht aus, was Hansi mit empörtem Gekrächze zur Kenntnis nahm.

Dieser Psittacus erithacus, das hatte ich schnell heraus, entpuppte sich als ausgesprochen fernsehsüchtiger Vogel, als richtiger Glotzbock, der, entgegen der Behauptung Frau Lämmles, er sei ein Frühinsbettgeher, offenbar nie vor Mitternacht die

Augen zuklappte. Sein Sprachschatz ließ auf seine Lieblingssendungen schließen: »Millionär« schrie er, und »Forsthaus Falkenau« und »Mystery« und »Wahre Liebe« – und alle naslang sagte er mit schelmischem Augenzwinkern: »Das Wetter!« Und ich: »Halt den Mund, Herr Wickert!«

Am nächsten Abend, ich las gerade in einem guten Buch, ich bin ja kein Glotzbock, fiel mir plötzlich auf, daß Schlumpel sich seit drei Stunden nicht gezeigt hatte. Und noch was fiel mir auf: ein seltsames Geräusch aus Hansis Zimmer. Solche Töne hatte ich bisher nicht aus seinem krummen Schnabel vernommen. Ich drückte vorsichtig die nur angelehnte Tür auf –

Schlumpel, sie mußte sich an mir vorbeigeschlichen haben, hockte auf dem Tisch, hatte das Gut'-Nacht-Tuch vom Käfig heruntergezogen, machte einen ganz langen Hals und starrte mit geweiteten Pupillen Hansi an, wobei sie immer den Kopf von einer Seite zur anderen drehte. Das schien Hansi nicht zu behagen, er hüpfte aufgeregt von Stange zu Stange. Aber nicht er hatte das seltsame Geräusch hervorgebracht, sondern Schlumpel. Sie schnatterte und klapperte mit den Zähnen, konnte gar nicht mehr damit aufhören.

Das kannte ich noch von ihrem Großvater her. Wer schnattert, sendet folgende Botschaft: »Da ist was. Sehr aufregend. Ob das schmeckt? Komm leider nicht ran. Schwer hat man's! Die Welt ist schlecht.«

»Schlumpel«, sagte ich, »laß das Geklapper und Geschnatter. Du bist keine Gans. Und du kriegst ihn doch nicht. Der ist drinnen, du bist draußen.«

Schlumpel fauchte und schlug mit der Pfote in die Luft. »Geh mal ein bißchen raus«, schlug sie vor und klapperte schon wieder. »Ich murks ihn ab, dabei störst du nur.«

»Besser, du gehst raus«, sagte ich.

Schlumpel sah mich wild an. Dann Hansi. Dann wieder mich. Die Wildheit verschwand aus ihren Augen und wich einer tiefen Resignation und Erkenntnis der Lage. »Dann laß ich's halt«, sagte sie pragmatisch.

»Sehr vernünftig«, lobte ich sie. »Hansi ist unser Gast, und seine Gäste murkst man nicht ab.«

Schlumpel sprang mit einem tiefen Seufzer vom Tisch, marschierte in die Küche und suchte Trost bei Huhn mit Thun.

»War nur ein Späßle«, tröstete ich Hansi, »Schlumpel ist nämlich eine Katze von unendlichem Humor.« Aber Hansi sah aus, als glaube er mir nicht.

Nachdem Schlumpel kapiert hatte, daß Hansi kein bißchen gefressen werden durfte, nicht mal gerupft, machte sie's wie der Fuchs mit den Trauben, die dieser, weil er an sie nicht rankam, zur kulinarischen Enttäuschung erklärte. »Der hat ja nur Federn«, sagte sie verächtlich, »und nix darunter. Da halt ich mich lieber an artgerecht aufgezogene Hackfleischbällchen. Was frißt der denn?«

»Körner«, sagte ich, »Samen, ab und zu einen Apfelschnitz und ein bißchen Grünzeug.«

»Von nix kommt halt nix«, sagte Schlumpel.

Weil es drei Tage lang in den Bodensee geregnet hatte, kam Frau Lämmle am vierten wieder angebraust, und Hansi und sie begrüßten sich überschwenglich, wobei Hansi ununterbrochen »Das Wetter!« rief. »Das Wetter! Das Wetter!« Und Frau Lämmle: »Nix Wetter! Sauwetter!« Sie stellte eine Büchse auf den Tisch. »Für Schlumpel, weil sie ihn so gut beschützt hat.« Dann packte sie Hansis Nobelherberge ins Auto, Hansi krächzte: »O Heimatland!«, und die beiden brausten davon.

»Was ist drin?« Schlumpel besah sich die Büchse.

»*Kaninchenhäppchen, sehr fein*!«

»Ich glaub, heut ist« – sie sah mich tieftraurig an – »wieder mal nicht mein allerschönster Lebenstag. Ich geh raus, ich brauch jemand zum Verhauen.«

Halt die Klappe!

»Wie redest du mit mir?« sagte ich empört.

»Die Klappe sollst du halten. Hier! Ich muß mir die Nase putzen.« Konrad drückte mir ein viereckiges Stück Glas in die Hand und putzte sich die Nase. »Bin extra zum Baumarkt gefahren. Das ist eine Katzenklappe. Ich säge jetzt ein Loch in die Küchentür, und dann befestigen wir dieses Ding mit zwei Scharnieren daran. Will Schlumpel rein, drückt sie mit dem Kopf dagegen. Will sie raus, macht sie's genauso, nur von innen.«

»Na, ich weiß nicht«, sagte ich. »Stoffele hat mich lieber aus dem Bett gebrüllt. Das sei persönlicher, hat er gesagt.«

»Aber ich will meine Ruhe haben, wenn ich mal da bin. Genial, so eine Katzenklappe.«

Mit vereinten Kräften hoben wir die Tür aus den Angeln und legten sie auf den Küchentisch. Konrad zeichnete mit Bleistift und Lineal das auszusägende Viereck auf die Platte, was genau siebenundvierzig Minuten dauerte, weil er sehr darauf bedacht war, daß der rechte Winkel auch wie ein rechter Winkel aussah, und weil mein Winkeldreieck sich versteckt hatte, was Konrads Winkeldreieck nie tun würde, wie er sagte, in seinem Werkzeugkasten herrsche Ordnung. »Aber wie der Herr, so 's G'scherr«, sagte er freundlich, wobei in meinem Fall der Herr durch die Frau zu ersetzen sei. »Außerdem wäre es besser, wir würden zuerst Schlumpel vermessen.«

»Wieso?«

»Damit sie durchkommt. Willst du, daß sie stekkenbleibt, nicht mehr vor- und rückwärts kann und vielleicht eines jämmerlichen Todes stirbt?«

»Unsinn. Klar kommt sie durch. Fünfzehn Zentimeter reichen. Sonst steht eines Morgens ein Elefant in der Küche.«

Konrad schüttelte den Kopf. »Du redest, wie du's verstehst. Und entsprechend der Fünf, die du im Abitur in Mathematik bekommen hast.«

»Woher weißt du das?«

»In der Schreibtischschublade ganz hinten liegt dein altes Schulzeugnis. Ich habe mir erlaubt, hineinzuschauen. Man weiß doch gern, mit wem man zusammen Mohrenköpfe ißt und Katzenklappen anfertigt.«

Ich streckte die Hand aus. »So hoch muß sie sein.«

Das, erklärte Konrad milde, sei keine genaue

Angabe, sondern typisch weiblich. »Ruf dieses Katzenviech her!«

»Die ist unterwegs. Die kommt nicht.«

»Wenn ich rufe, kommt sie.« Konrad legte seinen ganzen Charme, den er durchaus hat, wenn er will, in seine Stimme. Er lockte, flötete, gurrte, daß es eine Art hatte. Sehr überzeugend. Aber erfolglos. »Sie ist bestimmt kilometerweit vom Haus weg, sonst wär sie natürlich längst da. Dann muß es auch ohne sie gehen. Ich hab ja ein gutes Augenmaß.«

Er zeichnete das auszusägende Rechteck auf die Tür – es war genauso groß wie das von mir vorgeschlagene, aber, weil von ihm konstruiert, wesentlich exakter –, setzte die Säge an, sägte das Viereck sehr gekonnt und mit sicherer Hand aus. »Ziemlich professionell, was?« sagte er bescheiden.

»Du hast nur eine unbedeutende Kleinigkeit vergessen. Schlumpel kann nicht fliegen.«

»Wieso?«

»Du hast das Loch oben gemacht.«

Konrad kratzte sich hinterm Ohr. »Das hättest du gleich sagen können.«

»Ist mir erst eingefallen, als du schon fertig warst.«

»Ihr denkt halt nichts, ihr Frauen. Eigentlich«, sagte er dann, »ist das gar nicht so übel. Das obere Loch betrachtest du einfach als zusätzliche Entlüftungsmöglichkeit und als Frischluftzufuhr.

Dir ist sowieso immer zu heiß in der Küche. Dauernd schwitzt du. Ich schwitz nie. Halt das einen Augenblick!« Er drückte mir das ausgesägte Viereck in die Hand. »Ich muß mal!«

Kaum war er weg, stand Schlumpel neben mir.

»Wo kommst du denn her?«

»Hab ein Nickerchen gemacht. Auf Konrads Auto. Schön warm dort.«

»Du weißt doch, daß er dann fuchsteufelswild wird. Hast du ihn nicht rufen hören?«

»Klar.« Sie betrachtete interessiert das Loch.

»Aber warum bist du nicht –«

»Sonst denkt er, ich komm, weil er gerufen hat. Ich bin eine Katz und kein Hund. Katzen kommen immer nur von selber, und wenn sie wollen. Was ist das?«

»Das ist eine Schlumpeltür«, sagte Konrad, der wieder da war. »So kannst du raus und rein, wann immer du willst. Hab ich für dich gemacht.«

»Sie ist noch nicht fertig«, sagte ich. »Erst hat er für die Entlüftung der Küche gesorgt. Jetzt kommt das richtige Loch.«

Wir drehten die Tür um und wiederholten die Prozedur unter Schlumpels wachsam-amüsiertem Blick.

»Wenn die so guckt«, sagte Konrad, »zittert meine ansonsten sehr sichere Hand. Sie soll nicht so gucken.«

»Du bist ja nicht am Pinkeln«, sagte ich. »Nur am Sägen. Ist auch schon fertig.«

Das herausgesägte Holzstück fiel auf den Boden. Wir stellten die Tür aufrecht hin, Konrad sagte, wie damals bei der Türquälerei, mit einer kleinen Verbeugung zu Schlumpel: »Nach Ihnen, Madame!« Und Schlumpel spazierte durch das Loch.

»Noch mal«, sagte Konrad, »und gleich noch mal.« Und dann sang er, wie Professor Higgins: »Jetzt hat sie's, mein Gott, jetzt hat sie's!« Schlumpel fand mehr als dreimal durch dasselbe Loch laufen langweilig, zog wieder ab, und Konrad suchte in seinen Hosentaschen nach den Scharnieren, die er schließlich am Schlüsselbrett fand, wo er das Päckchen hingehängt hatte statt des Hausschlüssels, was irgendwie auch meine Schuld war. Es dauerte noch eine halbe Stunde, bis diese Scharniere mit kleinen Nägeln auf dem Holz befestigt waren, wobei ich froh war, daß Konrad nicht darauf bestand, die Löcher vorzubohren, denn ich hab keinen Bohrer mehr, der ist irgendwann ausgewandert. Dann hängten wir die Tür wieder ein. Konrad versprach uns eine ruhige Nacht.

Die hatten wir auch.

»Na also«, sagte Konrad, »das hättest du schon lang haben können. Ich setz schon mal das Teewasser auf und sag Schlumpel guten Morgen, die friedlich in ihrem Körbchen liegt.«

Als ich in die Küche kam, fegte Konrad gerade die Scherben auf dem Fußboden zusammen, die einmal eine Teekanne gewesen waren. Die Hühnerschenkel, die ich zum Auftauen in die Spüle gestellt hatte, waren weg, die Tomaten malerisch auf dem Fußboden verteilt, Schlumpels Schüsselchen leer. Auf dem Tischtuch dunkle Spuren.

»Guck nicht so«, sagte Konrad, »das war nicht ich, das war bestimmt der Kerl, der heut morgen in Schlumpels Körbchen lag. Ich pflege nicht mit dreckigen Füßen über anderer Leute Tischtücher zu laufen. Die Kanne hat sowieso immer geläppert, um die ist's nicht schad. Und ich scheiße nicht in anderer Leute Küchenecke. Den hab ich aber geschaßt!«

»Irgendwelche Leute haben hier heut nacht eine Orgie gefeiert«, sagte ich. »Wir haben sie ja auch geradezu eingeladen.«

»Die Klappe«, sagte Konrad, »ist für Schlumpel gedacht und für niemand sonst.«

»Dann ist's am besten, du machst ein Schild dran: *Nur für Schlumpel! Alle andern bitte draußen bleiben!* Da werden sie sich ganz bestimmt dran halten.«

»Aber im Prinzip«, sagte Konrad, »ist so eine

Katzenklappe eine geniale Erfindung, das mußt du zugeben.«

»Im Prinzip ja«, sagte ich. »Aber die ungebetenen Gäste bleiben nur im Prinzip draußen, nicht, wenn hier eine grünäugige, rotbepelzte, sehr ansehnliche kleine Katze im Körbchen pennt, wenn aufzutauende Hühnerbeine herumliegen, weiße Tischtücher zum Drüberlaufen einladen und dunkle Ecken zum Scheißen. Die Tür kommt zum Sperrmüll, ich laß eine neue machen.«

»Da hockt sie!« Konrad deutete auf das Küchenfensterbrett, auf dem Schlumpel saß und maunzte.

»Unten rein«, rief Konrad beschwörend, »das haben wir doch gestern geübt!«

Schlumpel drückte die Nase am Fenster platt und drehte ihr Gemaunze lauter.

»Laß sie bloß nicht rein«, verlangte Konrad. »Wofür hab ich mich so geplagt? Sie soll sich gefälligst dran gewöhnen. Und für diese Kerle, die so ungeniert Hausfriedensbruch begehen, denk ich mir schon noch was aus. Vielleicht eine Wasserspritzanlage. Oder eine Sirene. Oder Hundegebell. Da gibt's interessante Möglichkeiten. Nun komm schon!« Er deutete immer wieder zuerst auf Schlumpel, dann auf das Katzenloch, was etwas hampelmannmäßig aussah und Schlumpel zu amüsieren schien. Sie folgte seinen Bewegungen mit den Augen, dachte aber nicht dran, das Loch zu benutzen. Ich öffnete das Fenster und nahm sie auf den Arm. »Brüllen«, sagte ich zu Konrad, »ist halt doch irgendwie persönlicher, finden wir.«

»Aber«, sagte Konrad –

»Halt die Klappe!« sagte ich freundlich.

Vom Schnurren

»Mußt du eines der großen Welträtsel lösen?« Ich strich mit der Hand über Konrads in Falten gelegte Denkerstirn. »Entrunzle dich!«

»Möcht bloß wissen, wie sie's macht.«

»Wie wer was macht?«

»Schlumpel. Schnurren.«

»Das kann ich dir sagen. Sie macht es genauso wie einst ihr Großvater, mein lieber Stoffele.«

»Und wie hat der's gemacht?«

»Wie sein Großvater. Und der wieder wie sein Großvater. Keine Katze, kein Kater hat es jemals einem Menschen verraten. Woraus zu schließen ist, daß es sich um ein großes, wichtiges, katzenimmanentes Geheimnis handelt, das uns nichts angeht. Man muß ja nicht alles wissen.«

»Ich als Mann schon«, sagte Konrad. »Da bin ich wie Faust. Ich krieg's raus.«

»Na?« sagte ich ein paar Tage darauf, als wir zu mitternächtlicher Stunde Wienerle mit scharfem

Senf aßen – Konrad pflegt nämlich so gegen zwölf einen Freßanfall zu kriegen, weshalb ich immer Wienerle zur Hand, das heißt, in der Tiefkühltruhe habe – »weißt du's jetzt, wie sie schnurrt?«

»Ich weiß 'ne Menge«, sagte Konrad. »Hab in der Bibliothek alle erreichbaren Katzenbücher gewälzt. Du siehst in mir geradezu einen Schnurrfachmann. Es ist nämlich so, daß Katzen – Kleinkatzen, wie Schlumpel – einen völlig verknöcherten Zungenbeinapparat besitzen.«

Das traf mich tief.

»Weshalb sie nicht brüllen können.«

Schlumpel guckte empört, der Kleinkatze und ihres verknöcherten Zungenbeinapparates wegen, und schielte auf Konrads Wienerle-Zipfel.

»Steht in ›Grzimeks Tierleben‹«, erklärte dieser. »Der Senf ist alle.« Er klaute den Senfrest von meinem Teller.

Grzimek kannte ich. »Das war doch der mit der possierlichen Steinlaus. Den durften wir als Kinder immer sehen, weil er jugendfrei war. Und er hatte immer irgendein Tier auf der Schulter hocken.«

»Dafür schnurren sie beim Aus- und Einatmen«, sagte Konrad.

»Die Steinläuse?«

»Die Katzen.«

»Dann wär also das Schnurren ein Brüll-Ersatz?

Aber du willst doch nicht wissen, warum sie nicht brüllen kann«, sagte ich. »Du willst wissen, wie sie schnurrt.«

Schlumpel schaltete ihren Schnurrapparat ein, was auf Konrad irgendwie provozierend wirkte.

»Da gibt's«, dozierte er, »zwei Theorien. Die erste sagt, die Katze habe falsche Stimmbänder.«

In Schlumpels Schwanzspitze kam Bewegung.

»Sie besitzt zwar ganz gewöhnliche Stimmbänder, mit denen sie miauen und schreien kann, aber dazu noch ein zweites Paar, das sind die falschen. Man nennt diese auch Vorhof-Falte.«

»Aha!« sagte ich, und zu Schlumpel: »Merk dir das!«

»Es ist so«, erklärte Konrad. »Atmet Schlumpel aus oder ein, fließt ein Luftstrom über diese falschen Stimmbänder. Wird der Luftstrom etwa dreißigmal in der Sekunde durch leichte Kontraktionen der Kehlkopfmuskeln unterbrochen, entsteht der typische Schnurrlaut.«

»Donnerwetter!« sagte ich zu Schlumpel. »Dreißigmal in der Sekunde! Respekt!«

Schlumpel legte den höheren Schnurrgang ein.

Dann erklärte Konrad mir die zweite Schnurrtheorie: »Die besagt, daß die Stimmbänder nichts mit dem Schnurren zu tun haben. Das Schnurren kommt vom Blut.«

»Schnurrendes Blut? Find ich lustig.«

Schlumpel fand das offenbar auch, ihre Schnauzwinkel zuckten.

»Das ist nicht lustig«, sagte Konrad streng, »das ist wissenschaftlich. Das Blut fließt, wie jeder weiß, immer zum Herzen. Manchmal fließt besonders viel Blut durch die Blutgefäße, und wenn es durch einen Engpaß in der Brust fließt, gibt es einen Strudel, den der Experte auch Turbulenz nennt. Ihr könnt mir folgen?«

»Wir folgen dir, Schlumpel und ich.«

»Und dieser Strudel macht das schnurrende Geräusch. Sagen die Experten.«

Schlumpel stellte ihr Schnurren ein.

»Also ein Schnurr-Blut-Strudel«, stellte ich fest. »Oder ein Blut-Schnurr-Strudel? Oder vielleicht sogar ein Strudel-Blut-Geschnurr?«

»Richtig. Das Geräusch wird verstärkt durch Schlumpels Zwerchfell. Und durch ihren Buckel.«

»Wie das?«

»So steht's im Buch.«

»Ja, wenn das so im Buch steht«, sagte ich, »dann wird's schon der Buckel sein, was, Schlumpel?«

»Und das Geräusch«, belehrte uns Konrad weiter, »wird auch verstärkt durch emotionale Veränderungen, die ihrerseits den Blutstrom beeinflussen. Das Geräusch steigt nun durch Schlumpels Luftröhre in den Nebenhöhlen ihres Schädels empor, der Schädel ist ebenfalls ein Resonanzraum, und schon haben wir das typische Schnurren. Alles ganz einfach. Hab ich recht, Schlumpel?«

Die rollte sich auf den Rücken und streckte alle viere von sich.

»Schnurr mal!« befahl Konrad.

Schlumpel schnurrte aber kein bißchen.

»Jetzt, wo du's ihr erklärt hast, kriegt sie's nicht mehr hin«, sagte ich, »weil sie weiß, wie kompliziert das ist.«

Um uns war Stille.

»Da hast du was angerichtet! Ausgeschnurrt ist!«

Schlumpel zwinkerte mir zu.

»Aber«, sagte ich nach einer Weile, »das sind bloß rein wissenschaftlich-technische Schnurrerklärungsversuche. Warum sie's tut, verraten sie nicht, deine Experten.«

»Sie schnurrt«, sagte Konrad, »wenn sie zufrieden ist. Wenn sie gute Laune hat. Vermute ich.«

Schlumpel begann wieder zu schnurren.

»Wenn sie mich sieht«, sagte Konrad. »Sie kann's also doch noch.«

»Sie meint nicht dich«, sagte ich. »Ihr Schnurren gilt deinem Wurstzipfel. Gib mal her!« Ich warf ihn ihr zu. Schlumpel fing ihn im Flug.

Das gefiel Konrad nun gar nicht, weshalb er mein zweites Wienerle schnappte, mit der Behauptung, bei Frauen setzten nächtliche Fressereien an, bei Männern nicht.

»Als sie ihre Schlumpels kriegte, hat sie auch geschnurrt«, sagte ich. »Und bestimmt nicht vor Vergnügen. Und als Mulli, unsere Katze, starb, da war ich neun, und ich ihr die Pfote hielt, schnurrte die auch.«

»Das ist so«, erklärte Konrad, »weil Katzen inkonsequent sind und sich nicht an die sinnvollen, wohldurchdachten Erklärungen der Katzenbuchschreiber halten, die es schließlich wissen müssen.« Er schnitt meinen Wurstzipfel ab und warf ihn meiner inkonsequenten Katze zu. Dann verlangte er ein Eis. Walnuß mit Krokant. Und dann gingen Konrad und ich unter, und Schlumpel verlangte hinaus, um ihr Revier zu kontrollieren. Auch sah sie aus, als müsse sie sich von Konrads schnurrigen Schnurrerklärungen erholen.

Ich saß im Schaukelstuhl, Schlumpel auf dem Schoß, und kämmte sie, was Schlumpel, ihrem Schnurren nach, sehr genoß.

»Du mauserst dich.« Ich hielt ihr den Kamm hin, in dem ein ganzer Filz von Haaren hängengeblieben war. »Wie Hansi, der Psittacus erithacus.«

Schlumpel drehte sich auf den Buckel, wollte auch am Bauch gekämmt werden und stellte ihr Schnurren lauter. Es klang wie eine kleine Orgel.

»Wenn ich bloß wüßt«, sagte ich, »wie du's wirklich machst. Und zwar, bevor Konrad auch noch draufkommt. Dein Großvater hat's mir leider nicht gesagt.«

Schlumpel zog, auf dem Rücken liegend, an meiner Halskette.

»Vorhof-Falte«, sagte ich. »Turbulenzen. Blutstrudel. Verstärkerzwerchfell. Resonanzraum. Vibrationen. Emotionale Veränderungen. Was sagst du dazu?«

An der Halskette hängt nämlich ein kleiner Kater, den Schlumpel immer wieder antippte.

»Du unterbrichst diesen Luftstrom tatsächlich dreißigmal?«

Schlumpel leckte den Kater ab. Er ist aus schwarzem Onyx und erinnert mich an Stoffele.

»Falsche Stimmbänder! Hast du das gewußt?«

»Ich hab nur richtige Sachen«, sagte Schlumpel.

»Und was ist mit Konrads völlig verknöchertem Zungenbein?«

»Hat er eins?« fragte Schlumpel.

»Er nicht, aber du.«

»Das«, sagte Schlumpel, »ist nur zur Tarnung.«

»Und die falschen Stimmbänder?«

»Mit denen kann kein Schwein schnurren. Drum heißen sie ja auch falsch.« Ihre Augen funkelten vergnügt.

»Aber warum schnurrt ihr, wenn ihr Schmerzen habt, oder Angst?«

»Wenn einem was weh tut«, sagte Schlumpel, »ist es gut, wenn man gestreichelt wird. Wenn einer sagt, ach du arme, liebe Katz! Es wird schon wieder. Heile, heile, Segen. Ich geb auf dich acht. Keine Angst. Ich laß dich nicht allein. Und dann schnurrt man auch.«

Das verstand ich.

»Und jetzt sag ich dir, wie's geht.« Sie räkelte sich auf meinem Schoß zurecht, knickte die Vorderpfoten um zum Müffchenmachen und verriet mir, wie man schnurrt.

Alle großen Dinge sind einfach. Nur wir Menschen sind kompliziert.

Ich war baff. »Das hätt ich nie, nie, nie vermutet, nicht im entferntesten. Und nicht im Traum. Konrad würden sich die Haare sträuben.«

»Viele sind's ja nicht«, sagte Schlumpel.

»Natürlich würden sich nur die sträuben, die er noch hat. Wenn das die Katzenexperten wüßten!«

»Die wissen gar nix«, sagte Schlumpel. »Sag's ihm bloß nicht.«

»Wem?«

»Konrad.«

»Warum nicht?«

»Weil es ein Geheimnis ist.«

»Aber mir hast du's verraten.«

Sie rieb den Kopf an meiner Hand. »Weil du aus einem Katzenschwanz gemacht worden bist. Damals, im Paradies. Hab ich dir doch erzählt. Aber das bleibt unter uns.«

Ich versprach es. Weshalb ich der einzige Mensch bin, von dem ich weiß, daß er's weiß. Und ich werd's nicht weitersagen. Vor allem nicht Konrad, sein Weltbild bräche sonst zusammen. Geheimnis, sagt Hölderlin, ist Reinentsprungenes.

Was immer das heißen mag, jedenfalls klingt es geheimnisvoll und schön, das Wort. Wie das Schnurren einer Katze. Auch wenn der Dichter vielleicht was anderes gemeint haben mag.

Ein Fels in der Brandung

Gibt's endlich Frühstück?« fragte Schlumpel, meine muntere Katze, während ich die Scherben der Butterdose zusammenfegte.

Schlumpel heischte *Forelle mit Lachs.*

»*Huhn mit Ente*«, sagte ich. »Es ist noch was in der Dose. Eine neue mach ich erst auf, wenn die alte leer ist.« Und steckte das Tischtuch in die Waschmaschine.

»*Forelle mit Lachs*«, sagte Schlumpel und guckte lieb. »Bist wohl mit der linken Pfote aufgestanden, was? Ich schmeiß nie was runter.«

»*Huhn mit Ente*!«

»*Forelle mit Lachs.*« Schlumpel legte die Ohren ein bißchen zurück.

»*Ente mit Huhn.* Wo hast du dich heut nacht bloß rumgetrieben, du Schmuddelkatz? Man kommt nicht ungewaschen und unfrisiert zum Frühstück.«

Ihr Schwanz bewegte sich heftig hin und her. »Selber Schmuddelkatz. Guck mal in den Spiegel. *Lachs mit Forelle.*«

»*Huhn mit Ente.*« Ich schärfte meine Stimme und guckte lieber nicht in den Spiegel.

»*Forelle mit Lachs.*« Schlumpel streckte ihre Beine, machte einen Buckel, sträubte die Haare und stellte sich so hin, daß ich sie von der Seite sehen mußte. Sie wirkte auf einmal viel größer.

»Na schön«, sagte ich, »ausnahmsweis und bevor du fauchst und spuckst: also *Forelle mit Lachs.*«

»Warum nicht gleich?« sagte Schlumpel sanft, rieb den Kopf an meinem Bein und machte sich über das Schüsselchen her.

Ich ließ mich in den Sessel fallen und seufzte.

»Blöder Tag! Heut geht alles schief. Auf nichts kann man sich mehr verlassen.«

Schlumpel verputzte die letzten Krümelchen, dann wickelte sie ihren Schwanz um mein Bein. »Ich verlaß dich nicht. Sehr fein, die *Forelle mit Lachs.*«

»Gestern hab ich ein Backblech gekauft«, sagte ich anklagend, »aber das paßt nicht mehr in den Backofen, es ist zwei Millimeter zu lang. Der Stecker vom neuen Fön will nicht in die Steckdose, er verlangt einen Zwischenstecker. Konrad hat mir oft Kassetten aufgenommen mit schöner Musik drauf, aber der Kassettenrekorder, den ich jetzt hab, spuckt sie wieder aus und erklärt, er schlucke nur neue, die alten solle ich mir an den Hut stekken. Gestern hab ich zwei neue Glühbirnen gekauft, aber die gehen nicht in die Fassung meiner Schreibtischlampe. Die Dachziegel, die der Dachdecker gebracht hat, weil der Sturm die alten hinuntergeschmissen hat, sind röter als die, die noch drauf sind. Den Mixaufsatz vom Küchengerät hab ich auf die heiße Herdplatte gestellt, weshalb er leider geschmolzen ist. Der neue paßt nicht auf den alten Motorblock. Und ich paß nicht mehr in meine alte Hose.«

»Ich paß immer in meine Hosen«, sagte Schlumpel, was meine Laune auch nicht hob.

»Die Hersteller dieser Sachen wollen, daß ich die alten wegschmeiße und neue kaufe. Drum machen sie alles ein bißchen anders, so paßt nix mehr zusammen. Und drum hab ich die Nase voll.«

Schlumpel sprang auf meinen Schoß, stellte sich auf die Hinterpfoten und legte die vorderen rechts und links auf meine Schulter. »Ich paß immer mit mir zusammen«, sagte sie. Rieb den Kopf an meiner Backe. »Ich bin morgen auch noch rot. Versprech ich dir. Und ich guck grün. An mir hängt jeden Tag derselbe Schwanz, und ich hab jeden Tag die gleichen Socken an. Da kenn ich nix. Die hinten rutschen immer. Ich schnurr immer gleich. Verlaß dich drauf. Weil ich eine Katze bin.«

»Gott sei Dank!« sagte ich und meinte es ernst. Ich legte meinen Arm um sie.

Schlumpel begann zu schnurren. Ein warmes, gutes, treues, ein zutiefst verläßliches Schnurren. Auf dieses Schnurren kann man bauen. So haben sie immer geschnurrt, die Kater, die Katzen, wenn sie in den alten ägyptischen Tempeln auf goldenen Kissen ruhten, unter der Sonne Homers auf dem Schoß der schönen Helena ein Nickerchen machten oder auf der großen Chinesischen Mauer dösten. So schnurrten sie im Arm des Notker Balbulus, wenn er auf einer Bank in seinem Kräutergärtlein auf der Reichenau vom Unkrautjäten ausruhte, nicht anders als in einem Kuhstall, wenn die Bäuerin ihnen frische Milch hinstellte, oder auf dem Schreibtisch so manchen Dichters, ihn zu einem Werk inspirierend oder ihn davon abhaltend, was vielleicht das größere Verdienst war.

Eine Katze ist, wie sie ist, wie sie immer war und immer sein wird. Sollte ein Genforscher auf die unglückselige Idee kommen, an ihr herumzumanipulieren, ihr einen kurzen Schwanz, herunterhängende Schlappohren, ein dauergelocktes Fell zu verpassen und statt der Fähigkeit zu schnurren, die zu bellen, bring ich ihn um. Im Namen aller Katzenmenschen, aller Menschenkatzen. Meine Katze soll bleiben, was sie immer war: ein kleiner runder Fels in der Brandung des Zeitenmeers, an dem man sich festhalten kann.

Ich sah wieder Land, meine Stimmung hellte

sich auf, und ich beschloß, einen Früchtekuchen zu backen, mit der doppelten Menge an Rosinen, Mandeln, Nüssen und einem unverschämt dicken, kalorienstrotzenden Rum-Schokoladenguß.

»Heut ist ein wirklich sehr schöner Lebenstag«, sagte ich zu mir selber.

Der Kratzbaum

»Jetzt reicht's!« sagte Konrad mit unangenehm scharfer Stimme.

»Redest du mit mir?« rief ich aus der Küche.

»Ich rede mit deiner Katze, die es aber vorgezogen hat, das Weite zu suchen. Wohl das schlechte Gewissen!«

»So was kennen Katzen nicht. Gestern hast du sie noch *Konrads Liebling* genannt, und nun ist sie auf einmal *meine* Katze? O wie so trügerisch sind Män-ner-he-her-zen!«

»Sie benimmt sich flegel-, um nicht zu sagen schlumpelhaft.«

Ich rannte, auf alles gefaßt, ins Wohnzimmer. Konrad stand vor seinem musikalischen Sessel und hielt anklagend einen langen Faden in der Hand. »Das ist schon der vierte, den sie aus dem Bezug rausgerissen hat. Sie kennt keine Rücksicht.«

Ich sah das nicht so eng. »Schlumpel ist nun mal eine Katze, und Katzen haben Krallen, und die müssen gewetzt werden. Entweder hast du eine Katze und verkratzte Möbel und herausgerissene

Fäden, oder du hast unverkratzte Möbel und dafür keine Katze. Hat Stoffele mir beigebracht. Außerdem glaubt sie, das sei ihr Sessel, und den kann sie behandeln, wie sie will.«

»Jetzt weiß ich's«, sagte Konrad beim Abendessen. »Sie vergreift sich an meinem Sessel, weil das hier kein katzengerechtes Haus ist.«

»Konrad!« sagte ich empört.

»Wäre es ein solches, zöge deine Katze keinen einzigen Faden aus meinem Sessel. Steht im ›Großen Katzenratgeber‹.« Der ist immer noch sein ständiger Begleiter. Er ist ihm – Konrad kann nun mal nicht aus seiner schwäbischen Haut – zu teuer zum Wegschmeißen.

»Und was gedenkst du zu tun?« fragte ich.

»Sie braucht einen Spiel- und Tummelplatz.«

»Du meinst, wir sollten ihr ein eigenes Fitneßcenter einrichten?«

»Du nimmst mich nicht ernst. Sie braucht einen Platz, wo sie« – er klopfte auf das Buch – »einer Vielzahl von vorteilhaften Aktivitäten nachgehen kann.«

»Hinterm Haus liegt eine für vorteilhafte Aktivitäten bestens geeignete Wiese.«

»Du bist etwas schwer von Begriff. Sie braucht in erster Linie einen Kratzbaum.«

»Draußen stehen genug herum.«

»Nicht draußen. Hier. In diesem Zimmer. Eine Katze will auch im Winter kratzen. Ich werde einen besorgen.«

Und Konrad besorgte für Schlumpel einen Kratzbaum. Vom Flohmarkt. Der findet alle paar Wochen samstags statt, und Konrad wurde tatsächlich fündig.

»War ganz billig, fast geschenkt«, sagte er stolz und stellte seine Neuerwerbung mitten ins Zimmer. Das Ding sah aus wie ein Blumenständer mit mehreren Stellflächen – rosaplüschüberzogen – in unterschiedlicher Höhe. Eine echte Scheußlichkeit.

»Da kann sie sich auch mal drauflegen und ein Nickerchen machen, wenn sie genug gekratzt hat. Sie wird begeistert sein.«

Was Schlumpel aber nicht war. »Riecht nach Katze«, sagte sie mit allen Anzeichen des Abscheus. »Nach einer anderen. Da kratz ich nicht. Was glaubt der denn!«

»Sie mag nun mal keinen Secondhandkratzbaum«, sagte ich. »Da ist Schlumpel eigen. Zu Recht. Ich benutze auch keine Haarbürste mit den Schuppen von jemand anderem drin.«

»Gut«, sagte Konrad, »dann werde ich selbst einen anfertigen.«

»Hast du Erfahrung im Herstellen von Kratzbäumen?«

»Ich habe einen gesunden Menschenverstand und als Mann sowieso gewisse handwerkliche Fähigkeiten. Das reicht. Es muß auch nicht unbedingt ein Kratzbaum sein. Irgendein Kratzmöbel halt.«

Konrad schritt also zur Anfertigung eines Kratzmöbels und ward mehrere Stunden nicht gesehen.

»Na, was sagst du dazu? Nichts Künstliches. Natur pur.«

Der naturpure Klotz, etwa einsfünfzig hoch, stand mitten im Raum. Es war der Rest der Fichte, die Lothar vor einigen Jahren umgeworfen hatte.

»Er lag hinterm Gartenhäuschen«, sagte Konrad, und zu Schlumpel: »Hier kannst du den Ausstreck- und Einzugsmechanismus deiner Krallen trainieren. Ich mach's dir vor.«

Nachdem ich ein paar Spreißel aus seiner Hand gezogen hatte, zitierte er wieder sein Leib- und Magenbuch: »Das ist nämlich lebenswichtig für sie beim Beutefang, beim Kampf gegen Rivalen und beim Klettern.«

»Ich hab den Klotz aufgehoben fürs Kaminfeuer im Winter, aber leider vergessen, ihn, als es neulich regnete, ins Gartenhäuschen zu schaffen. Der ist zu naß. Wenn sie daran kratzt – wie gerade eben –, löst er sich in seine Bestandteile auf, und ich hab den Dreck im Zimmer. Außerdem hat er vorne Pilze und hinten Schimmel. Ich bin gegen diesen Kratzklotz. Und du, Schlumpel?«

Die leckte sich die Pfoten sauber, sagte mit Blick auf den Musiksessel, sie kratze lieber an ihrem Sessel, das mache viel mehr Spaß, oder gleich draußen. Und würdigte das Ding keines Blickes mehr.

»Denk dir was anderes aus«, sagte ich.

Konrad hatte Feuer gefangen, Blut geleckt, das Kratzmöbel beherrschte sein Denken. Am nächsten Abend stand Nummer drei in der Kaminecke, ein schlichter Pfahl, dünner als Nummer zwei, und dafür länger. Konrad hielt ihn mit der rechten Hand.

»Sehr schön«, sagte ich, »aber findest du es nicht etwas anstrengend, ihn stundenlang zu halten?«

»Brauch ich nicht. Da kommt er hinein.« Er stellte den Pfahl in einen Eimer voll Sand, es war ein sehr hoher Eimer mit sehr viel Sand drin. »Steht wie eine Eins. Sehr stabil.«

Dann kam Schlumpel.

»Kratz mal!« sagte Konrad, und Schlumpel kratzte so temperamentvoll, daß der Kratzpfahl vor Schreck umkippte, der Eimer auch, worauf Schlumpel in den Sand pinkelte und begeistert darin herumscharrte.

»Ich glaube, wir brauchen eine bessere Halterung«, meinte Konrad, nachdem ich saubergemacht hatte. »Ich werde ihn mit zwei Winkeleisen am Boden befestigen oder an der Wand oder der Decke.«

»Kommt nicht in Frage. Schau mal auf dem Speicher, da liegt irgendwo noch mein alter Christbaumständer herum.«

»Ich geh mit«, sagte Schlumpel, die, wie ihr Großvater, eine Vorliebe für Dachböden voller Gerümpel hat. Nach einer halben Stunde erschienen sie wieder, spinnwebumhuddelt, jeder schleppte etwas an: Schlumpel das Kamel von einem der Heiligendreikönige, Konrad den ausrangierten gußeisernen Christbaumständer. Dann spitzte er mit einem Hackebeil den Kratzpfahl unten so zu, daß er in die Haltevorrichtung hineinpaßte. Wenn Konrad früher aufgehört hätte. Er paßte aber nicht hinein, weil Konrad fürsorglich zu viel weggehauen hatte. Und ein anderer Pfahl fand sich nicht.

Wohl aber ein Brett. »Ein Brett geht genausogut«, erklärte Konrad.

»Das ist mein Schneckenfangbrett«, protestierte ich. »Wenn's heiß ist, verkriechen sie sich darunter, und ich kann sie absammeln. Siehst du nicht die Schleimspuren überall?«

»Gut«, sagte Konrad, »damit es gefälliger aussieht, werde ich es verkleiden.«

Und er verkleidete das Brett mit einem alten Kartoffelsack, den er mit der dicken Hanfschnur umwickelte, mit der ich im Herbst meine Johannisbeerbüsche zusammenzubinden pflege. Einer Mumie gleich stand das Ding da. Dunkel, stumm und bedrohlich.

»Na?« sagte Konrad stolz.

»Es muffelt«, sagte ich. Schlumpel beschnüffelte das Ding mit einem Gesichtsausdruck, den Konrad unmöglich als Lob interpretieren konnte, und beäugte sehnsüchtig den Musiksessel.

Doch Konrad wußte Rat. »Die Katze«, sagte er, »markiert einen Kratzbaum mit ihrem Geruch. An der Unterseite ihrer Vorderpfoten sitzen nämlich Duftdrüsen, mit denen sie darauf herumreibt. Riecht er nach ihr, benutzt sie ihn auch. Steht im Buch.« Er nahm Schlumpel auf den Arm und strich mit ihren Pfoten vorsichtig über den Kratzbaum. »So! Ab jetzt wird sie ihn benutzen.«

Schlumpel strafte, wie schon gewohnt, auch diesmal den ›Großen Katzenratgeber‹ Lügen. Sie warf der Mumie einen verächtlichen Blick zu, schritt zum musikalischen Sessel und zog genüßlich einen Faden aus der Sitzfläche.

»Eigentlich«, sagte ich, »ist das ein Kompliment für dich. Sie kratzt so gern an diesem Sessel, weil er nach dir riecht. Sie will deinem Geruch den ihren hinzufügen. So seid ihr geruchsmäßig vereint.«

»Meinst du?« Konrad war geschmeichelt. »Dann machen wir's doch umgekehrt.« Er wikkelte das ausrangierte Oberteil seines Schlafanzugs um den Kratzbaum. »Riecht schwer nach mir. Wenn sie so verrückt nach meinem Duft ist, bitte sehr!«

Aber Schlumpel verschmähte auch diese Lösung.

»Magst du vielleicht meinen Schlafanzug – ich mein, wenn ich nicht da bin – als Erinnerung, damit wir wenigstens geruchsmäßig vereint sind?«

»Danke«, sagte ich, »ich zieh mein Lavendelkissen vor.«

Wir saßen am Kaminfeuer, Schlumpel auf meinem Schoß, schnurrend, Konrad fast verbissen in die Lektüre seines ›Großen Katzenratgebers‹ vertieft. Auf einmal schlug er das Buch zu.

Schlumpel und ich, wir fuhren zusammen. »Steht was drin, was dir mißfällt?« fragte ich.

»Nein, das glaub ich nicht«, sagte Konrad dumpf. »Das kann nicht sein. Der Kerl lügt.«

»Lies mal!«

Da er sich weigerte, nahm ich das Buch zur Hand und fand gleich die Stelle: *Wenn eine domi-*

nante Katze in Anwesenheit einer untergeordneten anderen Katze irgendwo kratzt, im Haus oder draußen, ist das eine Art Imponiergehabe. Sie zeigt der anderen Katze so ihre Überlegenheit.

Das gefiel mir ausnehmend gut. Konrad weniger.

»Jetzt fällt mir auf«, sagte er finster, »daß sie immer an meinem Sessel kratzt oder einen Faden rauszieht, wenn ich im Zimmer bin. Soll ich daraus schließen, sie hält mich für einen ihr untergeordneten Kater?«

»Sieht so aus.«

Der häusliche Kratzbaum war seither kein Thema mehr. Ist Schlumpel draußen, hält sie sich an die reichlich vorhandenen Kratzbäume, kratzt sie drinnen, zieh ich die Fäden halt wieder hinein. Sie betrachtet Konrads Sessel nun mal als den ihren. Kann man nix machen.

Das sanfte Gesetz

Laß mich raus!« Schlumpel sah sehnsüchtig hinauf zur Türklinke.

Wenn eine Katze hinaus will, kann man sich auf den Kopf stellen, mit den Ohren wackeln oder sonst ein Kunststückchen vorführen, es wird sie nicht abhalten. Weshalb ich – wie immer – aufstand und ihr die Tür öffnete. Zuerst verharrte sie auf der Schwelle, auf drei Beinen, das rechte vordere leicht angehoben, zog die frische Nachtluft ein, witterte nach allen Seiten und spähte in den Garten. Gerade, als ich ihr mit dem Fuß sanft auf die Sprünge helfen wollte, verschwand sie mit einem Satz in der Dunkelheit.

»Ich will rein!« Meine Katze hockte vor der Balkontür und drückte die Nase an der Scheibe platt.

Ich stand – wie immer – auf und öffnete die Tür. Schlumpel lief durchs Zimmer, sprang aufs Fensterbrett und machte es sich dort bequem.

»Hat sie geschmeckt, die Maus?« fragte ich.

Schlumpel wurde eingerahmt vom Usambaraveilchen (links) und vom Mond (rechts), die ihr beide gut standen.

»Nix Maus.« Sie schleckte sich die rechte Pfote.

»War er wild, der Kater?«

»Nix Kater.« Rieb mit der nassen Pfote über den Kopf.

»Alles in Ordnung im Revier?«

Keine Antwort. Wir fuhren mit unseren Tätigkeiten fort, ich mit Lesen, das heißt, ich tat nur so, der Mond mit Leuchten, Schlumpel mit Putzen. Jetzt kamen die Ohren dran, dann die Augen, die Backen und schließlich das Kinn.

»Möcht bloß wissen, was du getrieben hast.«

Schlumpel befeuchtete ihre andere Pfote auf die gleiche Weise.

»Bist du allein losgezogen?«

Sie fuhr mit der Pfote über die andere Kopfseite.

»Also ich würde nachts nicht gern so allein –«

Jetzt kamen die Vorderbeine dran, dann die Schultern.

»Nun sag schon, wo du gewesen bist.«

Dann die Flanken. Ausgiebig. Zentimeter für Zentimeter.

»Es bleibt unter uns. Ich sag's bestimmt nicht weiter.«

Schlumpel unterzog ihren Hintern einer gründlichen Reinigung. Ohne Klopapier. In dieser Hinsicht sind sie uns über, die Katzen.

»Nicht mal Konrad.«

Nach ausgiebigem Putzen auch der lang ausgestreckten Hinterschlegel sagte sie: »Ich war bei der Versammlung.«

»Bei der was?«

»Bei der Katzenversammlung.«

»So was gibt's?«

»Ihr habt ja keine Ahnung, was es alles gibt«, sagte Schlumpel überheblich und mitleidig zugleich, und da hat sie wohl recht.

»Aber wer versammelt sich denn?«

»Alle Katzen, die's hier gibt.« Sie knabberte an ihrem Schwanz. »Da ist ein Huddelknubbel. Der muß weg.«

»Ein was?«

»Das Fell ist verhuddelt und verknubbelt.«

Als der Huddelknubbel beseitigt war, schleckte sie weiter, von der Wurzel bis zur Spitze.

»Kommen auch Kater?«

»Die Kater«, sagte Schlumpel, »haben ihre eigene Versammlung. Da fühlen sie sich sicherer.«

»Wieso?«

»Sie glauben immer, wir reden über sie und machen uns über sie lustig.«

»Und? Stimmt's?«

»Klar.«

»Wo ist denn euer Treffpunkt?«

»Mal hier, mal da.« Sie gähnte.

»Wie geht's zu bei so einer Katzenversammlung? Wählt ihr eine Vorsitzende?«

»Katzen«, sagte Schlumpel empört, »sitzt niemand vor. Wir sitzen alle im Kreis nebeneinander.«

»Und was macht ihr?«

»Müffchen.«

»Und dann?«

»Nix. Wir gucken bloß.«

»Was guckt ihr? Nah oder fern?«

»Wir gucken«, sagte Schlumpel, »so vor uns hin.«

»Sehr interessant. Weiter!«

»Manchmal schnurren wir.«

»Und was macht ihr noch?«

»Nix. Wir sind einfach da.«

»Wie denn?«

»Wir sind so vor uns hin.«

»Aber was soll das?«

»Katzen sollen überhaupt nix.« Schlumpel tatzelte nach einem Nachtfalter.

»Ich mein, was habt ihr davon?«

»Wir? Nix.«

»Ihr faßt keinen Entschluß?«

Schlumpel gähnte abermals.

»Klärt ihr wenigstens ein paar Probleme?«

»Du meinst Huddelknubbel?«

»Ja.«

»Wir klären nix.«

»Wie lange dauert so eine Versammlung?«

»Bis sie fertig ist.« Schlumpel fixierte den Nachtfalter, der, in selbstmörderischer Absicht, schon wieder um ihren Kopf herumschwirrte.

»Und wenn ihr lang genug Müffchen gemacht und geschnurrt und gesessen und geguckt und keine Huddel und Knubbel geklärt und keine Beschlüsse gefaßt habt?«

»Gehen wir wieder heim.« Ihr Gähnen war so ansteckend, daß ich mitgähnen mußte.

Die Mönche in einem taoistischen Kloster, fiel mir dann ein, machen es ähnlich. Sie pflegen stundenlang einfach nur dazusitzen, schauen, ohne etwas zu denken, der Zeit beim Vergehen zu. Das verhilft ihnen zur Erleuchtung. Irgendwann. Vielleicht. Eine Garantie auf Erleuchtung haben sie allerdings nicht.

»Euer Rumsitzen«, erklärte ich Schlumpel, »dient vermutlich der Erleuchtung.«

»Wir brauchen keine«, sagte Schlumpel. »Wir sehen prima im Dunkeln.«

»Ich meine, der inneren, geistigen Erleuchtung.«

»Brauchen wir auch nicht. Wir sehen auch innen gut.« Sie erledigte den Nachtfalter mit einem Hieb.

Da lag ich also falsch. Außerdem: wenn diese Mönche längere Zeit mit untergeschlagenen Beinen sitzen, kriegen sie oft steife Gelenke, die Glieder schmerzen, was einer Katze nie passieren würde, und ein Obermönch geht durch die Reihen und haut sie mit dem Stock, wenn sie die Haltung verlieren. Ebenfalls undenkbar bei einer Katzenversammlung, daß eine Oberkatze haut.

»Aber wenn das alles zu nichts gut ist«, sagte ich verärgert, »dann könnt ihr's auch lassen.«

»Wenn wir's lassen, läuft nix mehr. Dann gut' Nacht!« Schlumpel fraß den Nachtfalter mit Stumpf und Stiel, legte den Kopf auf die Pfoten und pfetzte die Augen zu. Der Mond verzog sich hinter eine Wolke. Ich ging schlafen.

Dann gut' Nacht. War das nun wörtlich zu verstehen oder im übertragenen Sinn? Ich fand keinen Schlaf. Dafür fand ich nach langem Herumwälzen heraus, was es mit den geheimnisvollen nächtlichen Katzensitzungen auf sich haben könnte. Hier meine Vermutung.

In der Unterprima lasen wir, was sich heute kaum mehr ein Deutschlehrer trauen würde, Adalbert Stifters Vorrede zu der Geschichtensammlung ›Bunte Steine‹. Darin spricht der Dichter von jenem *Sanften Gesetz,* das allein er als das welterhaltende ansieht. Damals hab ich nicht kapiert, was er meint, es hat mich auch nur mäßig interessiert. Interessant findet man in diesem Alter nicht Sanftmut, sondern große Gefühle, dramatische Erscheinungen, Donner und Blitz, nicht Gesetze, sondern deren Übertretung. Je lauter und wilder und pathetischer es zugeht, desto besser.

Nun, in reiferen Jahren, geadelt durch den Umgang mit Katzen, glaube ich den stillen Dichter, der mit spektakulären, gewaltigen, gewalttätigen Erscheinungen so wenig am Hut hat, besser zu verstehen. Nicht das große Gedöns bringt uns voran, sagt er, weder in der äußeren noch in der inneren, menschlichen Natur, nicht Gewitter und Sturm, nicht der Ausbruch glühender Lava, nicht die große Heldentat, der furchtbar einherrollende Zorn, der entzündete Geist, sondern ganz was anderes: der freundliche sanfte Nieselregen, das Wehen der Luft, das Wachsen des Getreides, die leisen, gewöhnlichen, unspektakulären, immer wiederkehrenden Ereignisse und Handlungen wie Zähneputzen, Knöpfe annähen, Katzenschüsselchen saubermachen, Radieschen stupfen. Nichts Umwerfendes also, eben das, was er *Das sanfte Gesetz* nennt. Danach sollten wir leben, damit doch noch was Rechtes aus uns wird.

Aber was tut der Mensch, der Grobsack, mit Vorliebe? Er gibt Gas, brüllt herum, haut drauf, rennt von *Event* zu *Event* und wummt durch die

Gegend. Die Katzen bei ihren nächtlichen Versammlungen tun genau das Gegenteil.

Und jetzt kommt's: Wenn, wie die Chaosforscher behaupten, schon der Flügelschlag eines Schmetterlings die Welt verändern kann, wieviel folgenschwerer muß dann erst sein, was die Katzen bewirken, wenn sie, an Stifter denkend oder auch nicht, immer wieder nächtlich in magischen Kreisen in sich ruhend beieinanderhocken, sanft und freundlich schnurren und mit umgeknickten Vorderpfoten anmutig Müffchen machen.

Mit Menschenaugen gesehen ist das ein höchst banales Tun, dem alles Großartige fehlt. Aber gerade dadurch, glaube ich, halten die Katzen unsere Welt zusammen, sorgen sie dafür, daß unsere liebe Erde sich weiterdreht und daß wir auf ihr wandeln dürfen. Was kein Politiker hinkriegen würde. Solche Leute gebrauchen ihre Ellbogen für andere, weniger anmutige Tätigkeiten als Müffchenmachen, sie brächten es auch gar nicht hin, und wer hat schon einen von ihnen schnurren hören?

Dies ist eine sehr einleuchtende, jedenfalls mich zutiefst überzeugende Erklärung der nächtlichen Katzenversammlungen, auf die vor mir bestimmt noch keiner gekommen ist und die ich dem undynamischen wunderbaren Dichter Adalbert Stifter verdanke.

Zufrieden ging ich unter.

Danke, Franz!

Schlumpel!« rief ich »Komm heim!«

Schlumpel kam nicht heim.

»Reg dich bloß nicht auf«, sagte Konrad.

»Aber sie war die ganze Nacht weg, und heut hab ich sie den ganzen Tag über nicht gesehen.«

»Ich war zwei Wochen lang weg«, sagte Konrad. »Hast du alle naslang ›Konrad, komm heim!‹ gerufen?«

»Wo du steckst, hab ich gewußt. Wo Schlumpel steckt, weiß ich nicht.«

»Die wird schon kommen. Hast du was dagegen, wenn ich die Musik etwas lauter stelle?« Er hörte gerade den ersten Satz aus Beethovens Pastorale: *Erwachen heiterer Gefühle bei der Ankunft auf dem Lande.* Den hört er immer, wenn er für ein paar Tage zu uns aufs Land kommt.

»Hast du vorhin schon gesagt«, knurrte ich.

»Was sagst du?«

»Daß du vorhin schon gesagt hast, daß sie schon kommen wird«, brüllte ich. »Dir fällt auch nix Neues ein.«

Schlumpel kam aber nicht.

In mir erwachten keine heiteren ländlichen Gefühle.

»Nun renn doch nicht dauernd hinaus«, sagte Konrad. »Das macht mich ganz nervös.«

»Ich will nur nach den Schnecken schauen.«

»Willst du nicht. Du schaust nach dieser Katze.«

»Diese Katze«, sagte ich, »ist meine liebe Schlumpel. Eine ganze Nacht und einen ganzen Tag und eine zweite Nacht ist sie schon fort.«

»Sie ist auch meine liebe Schlumpel.«

»Aber meine mehr.«

»Die kommt bald. Wirst schon sehen.«

Ich lief hinaus, doch ich sah nichts. Nur Schnecken, diese aber reichlich.

»Schlumpel«, sagte Konrad abends, »treibt sich irgendwo herum, wo's interessanter ist als hier. So ein junges Ding braucht Unterhaltung. Draußen tobt das Leben. Sie hockt vor einem Mausloch. Oder wälzt sich vor einem Kater im Staub, und wenn er zupackt, verdrischt sie ihn. Klettert Bäume rauf und runter. Oder sie liegt irgendwo im Heu und pennt.«

Ich sah das schwärzer. »Ein Hund hat sie zerfleischt, ein Jäger erschossen, perverses Pack, diese

Jäger, zutiefst unmoralisch. Ein Auto hat sie totgefahren. Seit Jahren lieg ich dem Bürgermeister in den Ohren, Tempo dreißig sei genug im Ort. Seit Jahren sagt er mir, man könne den Leuten nicht jeden Spaß verderben. Jemand hat sie in der Garage eingesperrt, vielleicht nur aus Versehen, oder sie ist in einen Gulli gekrochen und kommt nicht mehr raus, oder ein Katzenjäger – neulich hab ich so einen im Fernsehen gesehen, ich denk lieber nicht dran. Oder sie krallt sich an einem Ast fest, schon seit Stunden, und unter ihr braust der Wasserfall –«

»Wenn es denn einen gäbe«, sagte Konrad tröstend. »Hier braust nichts.«

»Oder der Kerl, dem ich gesagt hab, er solle sein Radio nicht so laut laufen lassen, hat sie aus Rache – oder sie hat was Vergiftetes gefressen – und jetzt liegt sie irgendwo rum und ist am Abschnappen, und ich kann meiner Schlumpel nicht mal die Pfote halten, oder –«

»Ach was«, sagte Konrad, »Schlumpels sind unverwüstlich. Die kommen immer durch.«

»Meine alte Schlumpel war auch eines Tages weg. Weil ich sie lieber hatte als den lieben Gott, hat sie der Teufel geholt.«

In der dritten Nacht ließ ich das Licht vor der Haustür brennen, damit sie wußte, ich wartete auf sie. Stellte was hin, zum Fressen, vielleicht war sie ausgehungert. Ließ das Küchenfenster offen, damit sie hereinkonnte.

»Wirst schon sehen«, sagte Konrad beim Frühstück –

»Halt den Mund!« sagte ich.

Nach dem Frühstück lief ich zu den Nachbarn, fragte jeden einzelnen, ob er Schlumpel gesehen habe. Einer hatte, aber bei näherer Befragung war Schlumpel Seppi gewesen, der sieht auf die Entfernung ähnlich aus. Ich rannte durch die Gegend, suchte hinter jedem Schuppen, hinter jedem Gebüsch, rief »Schlumpel! Schlumpel!« und kriegte Herzklopfen, als es hinter mir knackte, der Knakker war Fritzle vom oberen Nachbarn, ein mausgrauer lieber Kerl, aber in dem Moment fand ich ihn nicht lieb. »Hau ab!«

Als ich mittags heimkam, war Konrad verschwunden. Der auch, dachte ich, alle weg, ich bin ein sinkendes Schiff, das die Ratten – die Katzen und Kater – verlassen, wem lauf ich jetzt nach, Schlumpel oder Konrad? Ich trank drei Tassen Fencheltee, wegen Bauchschmerzen, doch die Schmerzen gingen nicht und Schlumpel kam nicht. Aber wenigstens kam Konrad, ziemlich derangiert, hatte Stroh im schütteren Haar, nasse Hosenbeine und dreckige Schuhe. Und er sagte nicht, wirst schon sehen, die kommt schon, er schrieb mit Heini zusammen eine Anzeige und las sie mir vor: *Wer hat sie gesehen? Wunderschöne rote Tigerkatze mit grünen Augen entlaufen, hört auf den Namen Schlumpel, aber nur, wenn sie will. Ansehnliche Belohnung für Information oder Rückgabe.*

»Für die Zeitung«, sagte er. »Ich geb's gleich durch, die Belohnung übernehm natürlich ich.«

Ich bin zwar nicht fromm, aber ich reite nicht auf Prinzipien herum, und außerdem ging es um Schlumpel. An die oberste Instanz wandte ich mich lieber nicht, die war mir zu weit weg, aber es gibt da jemand, der weilte immerhin mal unter uns, was zwar schon lang her ist, aber jedenfalls weilte er, weshalb er den Laden hier kennt.

Ich nahm einen Anlauf. »Lieber heiliger Franziskus«, sagte ich und lauschte – in mich hinein und in den Äther –

Nichts.

Ich fühlte unwillkürlich, es liege an der Anrede. Ich würde, aus Bescheidenheit, auch nicht gern heilig genannt werden, selbst wenn ich's wär. Also noch mal: »Mein lieber Franziskus –«

Nichts.

»Ach, Franz –«, jammerte ich, »sag doch was!«

»Was gibt's?« Die Stimme konnte die des Franz sein, aber ebensogut meine eigene, innere Stimme.

»Schlumpel ist weg.«
»So was kommt vor.«
»Sie ist schon sehr lang weg.«
»Auch das kommt vor.«
»Wie wär's mit einer schönen dicken Kerze –«
Nichts. Hatte ich ihn beleidigt? Faßte er die Kerze als Bestechung auf?
»Denk dir was aus, Franz!«
»Vom Denken kommt sie auch nicht wieder heim«, sagte die vermutlich doch heilige Stimme völlig zu Recht.
»Sie ist fast drei Tage weg. Vielleicht ist sie nicht mehr – vielleicht ist sie –«
»Kann schon sein.«
»Franz«, sagte ich, »bevor du was unternimmst – ich sag's dir ehrlich – ich bin nicht fromm.«
»Das ist bekannt.«
»Ich werd's auch bestimmt nicht werden. Ist Frommsein die Bedingung dafür, daß du –«
»Blödsinn!« sagte die Stimme.
»Und Schlumpel ist nicht mal katholisch. Aber Stoffele, ihr Großvater, hat mal eine Zeitlang einen katholischen Pfarrer zur Verzweif – ich mein, er hat bei ihm gewohnt. Könntest du –«

»Guck mal!« Konrad winkte mich zur Balkontür. Auf dem Weg, der sich durchs Dorf schlängelt, sah ich eine Katze, die katzenschönste, allerschönste, weltschönste. Sie rannte einem Ahornblatt nach, das der Wind für sie vom Baum geweht hatte, doch bevor sie es erwischte, fesselte etwas anderes ihre Aufmerksamkeit, sie stupste mit der Pfote an ein rundes helles Ding, das da am Straßenrand lag, ein Schneckenhaus, oder ein Stein. Fand es aber weiter nicht interessant, interessant hingegen das rote Auto von Herrn Bastian, sprang auf die Motorhaube und von dort aufs Dach, wo sie kurze Zeit, die Aussicht genießend, verweilte, um dann ohne Eile, aber unter Hinterlassung dreckiger Pfotenabdrücke, wieder herunterzusteigen. Es folgte ein kleiner Schlenker über die Wiese mit Besichtigung und Beschnüffelung der Maulwurfshügel, deren Besitzer sich jedoch in weiser Voraussicht lieber nicht zeigten, doch zeigte sich Seppi, dem sie unmißverständlich klarmachte, wem hier die Wiese gehörte. Seppi rief ihr vom heimischen Garagendach aus ein paar unfreundliche Wörter zu, die sie ignorierte, versuchte sie doch gerade, einem Schmetterling nachzufliegen, der aber war schneller, weshalb sie die Fliegerei aufgab, zum Vogelbad unter der Weide tänzelte, es leersoff, dann auf die Weide kletterte und von einem Ast aus aufs Balkongeländer sprang, wobei die Satellitenschüssel ins Wanken geriet, was nun Konrad zu einigen unfreundlichen Wörtern veranlaßte. Auf dem Geländer schritt sie anmutig und schwindelfrei in Richtung Balkontür, ließ sich auf dem kleinen runden Tisch, auf dem wir gern frühstücken, im Brotkörbchen nieder, nickte uns zu und schleckte sich die Pfote. Fuhr sich mit diesem Waschlappen übers Gesicht. Was bitter nötig war. Sie sah aus –

»Wie aus dem Dreck gezogen«, sagte Konrad. »Wo hast du bloß gesteckt, du Schmuddelkatz? Du Mistviech? Du Rabenaas? Du Lumpenstück?«

»Überall«, sagte Schlumpel. »Bin ein bißchen rumgeschlumpelt. Schlumgerumpelt. Oben und unten. Vorne und hinten. Und zwischendrin. Hab mich gesielt, im Dreck. War ziemlich wild. Und kein bißchen dezent. Hab euch ganz vergessen. Riecht toll, das Leben.« Ihre grünen Augen leuchteten. »Aber jetzt bin ich wieder da. Wegen Hunger und so.« Bei dem »und so« rieb sie ihre Backe an meiner Schulter. Sie roch nach Misthaufen, Kuhstall, dem Komposthaufen, Katzenminze, roch muffig, mausig, erdig, pelzig, katzig.

Ich legte den Arm um meine Katze. Sie schmiegte sich in die Ellbogenbeuge. »Hast du mich –?«

»Weißt du doch!«

»Sag's!«

»Ich hab dich. Sehr!«

Schlumpel gurrte wie eine Taube. »Das ist mein allerlebensschönster Tag!«

Was ich auch fand. Jeder Tag mit einer Katze drin ist ein lebensschönster. »Aber deshalb brauchst du nicht zu sabbern.«

»Am besten steckst du alle beide in die Waschmaschine«, meinte Konrad, »deine Bluse und Schlumpel.«

»Danke, Franz!« sagte ich laut. »Eine rote Kerze. Wie versprochen. Schlumpelrot.«

»Ich heiß nicht Franz«, sagte Konrad, »ich heiß Konrad. Was soll ich mit einer schlumpelroten Kerze?«

»Die kriegst nicht du, die kriegt Franz.«

»Wer ist Franz?« Konrad guckte mißtrauisch.

»Ein alter Freund. Italiener.«

»Von dem hast du mir noch nie was erzählt. Wo in Italien?«

»Assisi.«

»Ach der.« Er lächelte nachsichtig. »Nach neuesten Erkenntnissen hat's den nie gegeben. Ist einer längst fälligen Heiligenentrümpelungsaktion des Vatikans zum Opfer gefallen.«

»Der Entrümpelte, mein Lieber, war Christophorus.«

»Von mir aus. Trotzdem. Wir sind Menschen des einundzwanzigsten Jahrhunderts. Schlumpel ist von allein zurückgekommen. Weil sie Hunger hatte, und ganz ohne Franz.«

»Ich hab eine Stimme gehört«, sagte ich.

»Das«, erklärte Konrad milde, »war die Stimme deines Unbewußten. Freud nennt das übrigens –«

»Freud«, sagte ich, »soll den Mund halten.«

»Nun komm schon. Werd wieder vernünftig.«

»Hol sie der Teufel«, sagte ich.

»Wen?« fragte Konrad.

»Die Vernunft.«

Konrad sagte nichts mehr. Er legte eine CD auf. Pastorale, letzter Satz: *Frohe und dankbare Gefühle nach dem Sturm.* Schlumpel auf dem Fensterbrett drehte den Kopf und sah mich an. Eine kleine rote Löwin mit Tigerstreifen, Schmuddelsocken und unbeschreiblichen grünen Glühbirnenaugenlämpchen.

Das Glück hat viele Gesichter. Eins der schönsten ist das einer Katze.

dtv großdruck

Viele schöne Tage

Ein Lesebuch

Zusammengestellt von
Helga Dick und Lutz-W. Wolff

ISBN 3-423-**25126**-3

Vierzehn ungewöhnliche Erzählungen von Madison Smartt Bell, Heimito von Doderer, Barbara Frischmuth, Peter Härtling, Marlen Haushofer, Franz Hohler, Hanna Johansen, Marie Luise Kaschnitz, Roland Koch, Siegfried Lenz, Margriet de Moor, Isabella Nadolny, Herbert Rosendorfer und Christa Wolf.